DuMont's Kriminal-Bibliothek

Ellery Queen ist das gemeinsame Pseudonym von Frederic Danney (1905–1982) und Manfred Bennington Lee (1905–1971), die zu den einflußreichsten und produktivsten Kriminalromanautoren gehören. Wie im Roman ›Der mysteriöse Zylinder‹ (DuMont's Kriminal-Bibliothek, Band 1008) klärt Ellery Queen scharfsinnig einen komplizierten Fall, hier eine Mordserie, die 1888 in London tatsächlich stattgefunden hat – eine Lösung, von der die offizielle Polizeiwelt bis heute nichts wissen will.

Herausgegeben von Volker Neuhaus

Ellery Queen

Sherlock Holmes und Jack the Ripper

Eine Studie des Schreckens

DuMont Buchverlag Köln

Umschlagmotiv von Pellegrino Ritter
Aus dem Amerikanischen von Manfred Allié

2. Auflage 1990

Die Originalausgabe erschien 1967 unter dem Titel
»Ellery Queen vs. Jack the Ripper, A Study in Terror«
bei Lancer Books, Inc., New York, N.Y.
Satz: Froitzheim Satzbetriebe, Bonn
Druck und buchbinderische Verarbeitung:
Druckerei »Hermann Duncker«, Leipzig

Printed in the German Democratic Republic ISBN 3-7701-2188-0

Inhalt

Ellery geht ans Werk 7

Aus dem Tagebuch des Dr. John Watson
Erstes Kapitel: Das Operationsbesteck 13

Ellery macht weiter 28

Zweites Kapitel: Das Schloß im Moor 31

Ellery denkt nach 46

Drittes Kapitel: Whitechapel 49

Viertes Kapitel: Dr. Murrays Armenhaus 63

Ellery hat eine Idee 74

Fünftes Kapitel: Der Diogenes-Club 77

Ellerys Nemesis verfolgt eine Spur 90

Sechstes Kapitel: Auf der Jagd nach dem Ripper . . 93

Siebtes Kapitel: Der Schweineschlächter 109

Ellerys Spürhund erstattet Bericht 121

Achtes Kapitel: Ein Besucher aus Paris 124

Ellerys Spürhund auf neuer Spur 135

Neuntes Kapitel: In der Höhle des Rippers 140

Ein Anruf aus der Vergangenheit 151

Zehntes Kapitel: Der Tiger vom ›Angel and Crown‹ 155
Der Spürhund setzt sich zur Ruhe 166
Elftes Kapitel: Fegefeuer 167
Zwölftes Kapitel: Das Ende des Rippers. 172
Ein Besuch in der Vergangenheit 177
Tagebuch zum Fall Jack the Ripper. Schlußbemerkung. 12. Januar 1908 184
Ellery entwirrt die Fäden 186

Ellery geht ans Werk

Ellery grübelte vor sich hin.
Und das schon ziemlich lange.

Dann sprang er von seinem Platz an der Schreibmaschine auf, bekam zehn mißlungene Manuskriptseiten zu fassen und riß sie in vier Teile.

Er starrte die reglose Schreibmaschine finster an. Die Maschine grinste zurück.

Das Telefon klingelte, und Ellery griff nach dem Hörer, als hätte man ihm einen Rettungsring zugeworfen.

»Mich brauchst du nicht anzuknurren«, ließ sich eine beleidigte Stimme mit gequältem Unterton vernehmen. »Ich amüsiere mich, wie verordnet.«

»Dad! Habe ich dich angeschnauzt? Ich komme mit meiner Geschichte nicht weiter. Wie steht's auf den Bermudas?«

»Blauer Himmel, blaues Wasser und Sand, so weit das Auge reicht. Ich will endlich wieder nach Hause.«

»Nein«, sagte Ellery mit Bestimmtheit. »Ich habe eine Menge für diese Reise bezahlt, und nun will ich auch etwas haben für mein Geld.«

Der Seufzer, den Inspektor Queen ausstieß, sprach Bände. »Wenn's um mich geht, bist du ja schon immer ein Tyrann gewesen. Was glaubst du, was ich bin, ein totales Wrack?«

»Du bist überarbeitet.«

»Vielleicht könnte ich dafür sorgen, daß du einen Teil des Geldes zurückbekommst?« schlug Inspektor Queen mit einer Spur von Hoffnung vor.

»Dein Auftrag lautet, dich auszuruhen und zu entspannen – dir um nichts Gedanken zu machen.«

»Schon gut, schon gut. Gegenüber von meiner Bude wird intensiv Hufeisenwerfen gespielt. Vielleicht lassen die mich noch mitmachen.«

»So ist's richtig, Dad. Ich rufe morgen an und frage, wer gewonnen hat.«

Ellery legte auf und funkelte die Schreibmaschine an. Er war keinen Schritt weitergekommen. Vorsichtig umrundete er den Tisch und begann auf und ab zu gehen. Ein gnädiges Schicksal ließ die Türglocke läuten.

»Stell's auf den Tisch«, rief Ellery. »Das Geld liegt da.«

Eine Anweisung, an die sich der Besucher nicht hielt. Seine Schritte hallten durch die Diele, und dann betrat er den Schauplatz der Qualen, die der große Mann erlitt. »Du?« schnaufte Ellery. »Ich dachte, es ist der Junge aus dem Feinkostladen.«

Mit der Dreistigkeit einer Nervensäge – einer millionenschweren Nervensäge – strebte Grant Ames III. in all seiner Brooks-Brothers-Eleganz der Bar zu. Dort legte er den großen braunen Umschlag, den er bei sich hatte, ab und nahm sich dafür ein Glas und eine Flasche Scotch. »Auch ich komme, um etwas abzuliefern«, verkündete Ames. »Etwas« – er setzte sich –, »das verdammt viel wichtiger ist als deine Pastrami. Du hast da einen recht guten Scotch im Hause, Ellery.«

»Freut mich, daß du ihn magst. Nimm die ganze Flasche mit. Ich muß arbeiten.«

»Ich als Verehrer habe gewisse Vorrechte. Ich verschlinge jedes deiner Bücher.«

»In Exemplaren, die du dir von arglosen Freunden borgst«, knurrte Ellery.

»Das«, sagte Grant, während er sich eingoß, »ist nicht nett von dir. Das wird dir noch leid tun, wenn du erst mal meinen Auftrag kennst.«

»Welchen Auftrag?«

»Ich bin gekommen, um etwas bei dir abzuliefern.«

»Und was soll das sein?«

»Der Umschlag dort. Neben der Ginflasche.«

Ellery schickte sich an, ihn zu holen. Grant winkte ihn zurück. »Maestro, ich bestehe darauf, dich zuerst mit den Umständen vertraut zu machen.«

Zum zweiten Mal erklang die Türglocke. Diesmal waren es die Sandwiches. Ellery stapfte in die Diele hinaus und kehrte kauend zurück.

»Warum arbeitest du eigentlich nicht, Grant? Besorg dir eine Stellung in einer der Tiefkühlkostfabriken deines Vaters. Oder werde Erbsenpflücker. Tu irgendwas, aber bleib mir von der Pelle. Ich muß arbeiten, und du glaubst nicht, wie.«

»Lenk nicht vom Thema ab«, entgegnete Grant III. »Das sind doch nicht etwa koschere Gurken? Ich bin ganz verrückt nach koscheren Gurken.«

Ellery bot ihm ein Gürkchen an und ließ sich dann in seinen Sessel fallen. »Also gut, verdammt nochmal. Dann laß uns sehen, daß wir's hinter uns bringen. Womit mußt du mich vertraut machen?«

»Mit den Umständen. Gestern nachmittag fand eine Fete oben in Westchester statt. Ich war dabei.«

»So, eine Fete«, sagte Ellery und blickte neidisch.

»Wir sind baden gewesen. Bißchen Tennis. Solche Sachen. Sind nicht viele aufgekreuzt.«

»Die meisten Menschen haben die entsetzliche Angewohnheit, werktags nachmittags zu arbeiten.«

»Mit solchen Sprüchen«, konterte der Playboy, »kannst du mir kein schlechtes Gewissen machen. Schon gar nicht, wo ich dir gerade einen Gefallen tue. Ich bin auf mysteriöse Weise in den Besitz dieses Umschlages gekommen, und ich liefere ihn bei dir ab, wie es mir aufgetragen wurde.«

»Aufgetragen von wem?« Noch immer hatte Ellery den Umschlag keines Blickes gewürdigt.

»Keine Ahnung. Als ich mich aus dem Staub machte, lag er auf dem Sitz in meinem Jaguar. Jemand hatte auf den Umschlag geschrieben: ›Bitte an Ellery Queen übergeben.‹ Ich würde vermuten, jemand, der so viel Ehrfurcht vor dir hat, daß er sich nicht persönlich hertraut. Und der von unserer unsterblichen Freundschaft weiß.«

»Hört sich fürchterlich an. Also, Grant, ist das ein Scherz, den du dir da ausgedacht hast? Ich will in der Hölle braten, wenn ich mich an einem Tag wie heute mit deinen Spielchen abgebe. Der Dämon Abgabetermin sitzt mir im Nacken. Sei so nett, und spiele statt dessen mit einer von deinen Freundinnen, bitte.«

»Der Umschlag.« Grant sprang auf wie ein Athlet und kehrte mit dem Umschlag zurück. »Hier. Pflichtgemäß abgeliefert. Persönlich überreicht. Mach damit, was du willst.«

»Und was soll ich damit?« fragte Ellery pikiert.

»Keine Ahnung. Es ist ein Manuskript. Handgeschrieben. Ziemlich alt, würde ich sagen. Wahrscheinlich sollst du's lesen.«

»Du hast also schon einen Blick darauf geworfen?«

»Ich fühlte mich verpflichtet dazu. Schließlich hätten es anonyme Beleidigungen sein können. Oder gar was Pornographisches. Ich weiß doch, wie sensibel du bist, alter Freund. Darauf mußte ich Rücksicht nehmen.«

Ellery musterte die Aufschrift widerstrebend, aber doch mit Interesse. »Eine Frauenschrift.«

»Ich bin allerdings zu dem Schluß gekommen, daß der Inhalt ungefährlich ist«, fuhr Grant fort und wandte sich wieder seinem Glas zu. »Ungefährlich, aber bemerkenswert.«

»Handelsüblicher Umschlag«, murmelte Ellery vor sich hin. »Auf achteinhalb-mal-elf-Zoll-Blätter berechnet.«

»Ich muß schon sagen, Ellery, du hast die Seele eines Buchhalters. Willst du ihn denn nicht aufmachen?«

Ellery bog die Klammer auf und entnahm dem Umschlag eine Kladde, auf die in großen, altmodischen Buchstaben das Wort »Tagebuch« gedruckt war.

»Tja«, sagte er. »Das ist wohl wirklich alt.«

Grant sah mit einem hintersinnigen Lächeln zu, wie Ellery die Kladde aufschlug, mit großen Augen die erste Seite studierte, umblätterte, las, wiederum umblätterte und weiterlas.

»Meine Güte«, sagte er schließlich. »Das Ding hier ist angeblich ein Abenteuer von Sherlock Holmes, ein Originalmanuskript in Dr. Watsons Handschrift!«

»Was meinst du, ist es echt?«

Ellerys stahlblaue Augen funkelten. »Du hast es also schon gelesen?«

»Ich konnte der Versuchung nicht widerstehen.«

»Ist dir Watsons Stil vertraut?«

»Ich bin«, sagte Grant, während er die Farbe des Whiskys in seinem Glas bewunderte, »ein aficionado. Sherlock Holmes, Ellery Queen, Eddie Poe. Ja, ich würde sagen, es ist echt.«

»Du stellst aber sehr schnell ein Echtheitszeugnis aus, mein Lieber.« Ellery sah mit gerunzelter Stirn zur Schreibmaschine hinüber. Sie schien weit weg.

»Ich dachte, du würdest begeistert sein.«

»Das wäre ich auch, wenn es einigermaßen glaubwürdig klänge. Aber eine unbekannte Holmes-Geschichte!« Er blätterte weiter. »Und, wie es aussieht, sogar ein Roman. Ein verschollener Roman!« Er schüttelte den Kopf.

»Du glaubst es also nicht.«

»Grant, ich habe schon mit drei Jahren nicht mehr an den Weihnachtsmann geglaubt. Dir ist der Glaube an den Weihnachtsmann angeboren.«

»Du meinst, es ist eine Fälschung?«

»Ich meine noch gar nichts. Aber die Chance, daß es echt ist, ist verschwindend gering.«

»Warum sollte sich denn jemand so viel Arbeit damit machen?«

»Aus dem gleichen Grund, aus dem Leute auf Berge steigen. Einfach zum Spaß.«

»Du kannst doch wenigstens mal das erste Kapitel lesen.«

»Grant, dazu habe ich keine Zeit!«

»Keine Zeit für einen neuen Sherlock-Holmes-Roman?« Ames goß sich an der Bar einen weiteren Scotch ein. »Ich bleibe hier sitzen, lasse mich in aller Ruhe vollaufen und warte.« Er ging zurück zum Sofa und schlug genüßlich seine langen Beine übereinander.

»Verdammt nochmal.« Ellery warf einen langen ärgerlichen Blick auf das Tagebuch. Dann seufzte er – was ihm eine bemerkenswerte Ähnlichkeit mit seinem Vater gab –, lehnte sich zurück und begann zu lesen.

Aus dem Tagebuch des Dr. John Watson

Erstes Kapitel: Das Operationsbesteck

Da haben Sie völlig recht, Watson. Der Ripper könnte genausogut eine Frau sein.«

Es war ein frischer Herbstmorgen des Jahres 1888. Ich wohnte zu jener Zeit nicht mehr in der Baker Street 221B, denn nachdem ich geheiratet hatte und somit die Verantwortung für den Lebensunterhalt einer Frau trug – eine höchst angenehme Verantwortung –, hatte ich eine Praxis eröffnet. Meinen Freund Mr. Sherlock Holmes, zu dem ich einst in so vertrauter Beziehung gestanden hatte, sah ich nun nur noch gelegentlich.

Was Holmes anging, so bestanden diese Besuche aus dem, was er gänzlich zu unrecht das »Ausnützen meiner Hilfsbereitschaft« nannte, dann nämlich, wenn ich ihm als Assistent oder als Vertrauter von Nutzen sein konnte. »Sie sind ein so geduldiger Zuhörer, mein Lieber«, pflegte er dann zu sagen – eine Eingangsformel, die es nie verfehlte, mir Freude zu bereiten, war sie doch ein Hinweis, daß mir von neuem die Ehre zuteil werden sollte, mit ihm gemeinsam einer gefährlichen und aufregenden Spur nachzujagen. Das Band der Freundschaft, das mich mit dem großen Detektiv verknüpfte, blieb also bestehen.

Meine Frau, das Muster einer verständigen Gattin, fügte sich in diese Lage wie einst Griseldis in die ihre. Diejenigen, die sich an Hand meiner bescheidenen

Berichte über die Kriminalfälle des Mr. Sherlock Holmes auf dem laufenden gehalten haben, werden sich ihrer als Mary Morstan erinnern, die kennenzulernen das Schicksal mir bestimmt hatte, als ich mit Holmes an jenem Fall arbeitete, den ich *Das Zeichen der Vier* genannt habe. Einer hingebungsvolleren Gattin hätte sich schwerlich ein Mann rühmen können, hatte sie mir doch niemals jene viel zu vielen langen Abende streitig gemacht, an denen ich mich mit meinen Notizen zu vergangenen Holmes-Fällen zu beschäftigen pflegte.

Eines Morgens sagte Mary beim Frühstück: »Hier ist ein Brief von Tante Agatha.«

Ich legte meine Zeitung beiseite. »Aus Cornwall?«

»Ja, die Ärmste. Sie hat nie geheiratet und ihr Leben in Einsamkeit verbracht. Und nun hat der Arzt ihr Bettruhe verordnet.«

»Nichts Ernsthaftes, hoffe ich.«

»Im Brief sagt sie nichts davon. Aber immerhin ist sie Ende siebzig, da weiß man nie.«

»Sie lebt ganz für sich allein?«

»Das nicht. Beth, meine alte Kinderfrau, wohnt bei ihr, und sie hat jemanden, der den Garten pflegt.«

»Ein Besuch von ihrer Lieblingsnichte wäre wahrscheinlich bessere Medizin für sie, als je ein Arzt ihr verordnen könnte.«

»Der Brief ist wohl auch als Einladung gemeint – eine Bitte eigentlich –, aber ich weiß nicht recht . . .«

»Ich glaube, du solltest fahren, Mary. Dir könnten vierzehn Tage in Cornwall auch nicht schaden. Du bist ein wenig blaß geworden in den letzten Wochen.«

Ich meinte das genau so, wie ich es sagte, doch ein anderer, bei weitem ernsterer Gedanke schwang in meiner Bemerkung mit. Ich darf wohl sagen, daß an jenem Morgen des Jahres 1888 jeder verantwortungsvolle

Mann in London seine Gattin, seine Schwester, seine Geliebte aufs Land geschickt hätte, hätte sich ihm die Gelegenheit dazu geboten. Und dies aus einem einzigen, aber gewichtigen Grunde: Jack the Ripper strich durch die nächtlichen Straßen und die dunklen Gassen der Großstadt.

Zwar lag unser friedliches Heim in Paddington nicht nur im topographischen Sinne weitab von Whitechapel, wo der Wahnsinnige sein Unwesen trieb, aber wer hätte sich in einem solchen Fall seiner Sache sicher sein können? Alle Logik wurde außer Kraft gesetzt, wenn es um die Machenschaften dieses grausigen Monstrums ging.

Mary faltete nachdenklich den Umschlag. »Ich möchte dich nicht gern hier alleinlassen, John.«

»Da brauchst du dir keine Sorgen zu machen, ich komme schon zurecht.«

»Aber du könntest auch etwas Abwechslung gebrauchen, und in der Praxis ist anscheinend im Augenblick nicht viel zu tun.«

»Heißt das, du möchtest, daß ich mitkomme?«

Mary lachte. »Gütiger Himmel, nein! Du würdest dich zu Tode langweilen in Cornwall. Nein, ich wollte vorschlagen, daß du dir eine Reisetasche packst und deinen Freund Sherlock Holmes besuchst. Ich weiß doch, daß du in der Baker Street immer willkommen bist.«

Ich muß gestehen, daß ich nur wenig Widerstand leistete. Dazu war ihr Vorschlag zu verlockend. Also reiste Mary nach Cornwall, für die Praxis waren die notwendigen Vorkehrungen rasch getroffen, und ich zog in die Baker Street – zur Freude Holmes', darf ich wohl sagen, ebenso wie zu der meinigen.

Es überraschte mich, mit welcher Leichtigkeit wir zu unserer altgewohnten Lebensweise zurückfanden. Zwar wußte ich, daß dieses alte Leben mich nie wieder würde zufriedenstellen können, doch es war wunderbar, von neuem in Holmes' Gesellschaft zu sein. Und damit wäre ich wieder bei Holmes' Bemerkung, die aus heiterem Himmel gekommen war. »Die Möglichkeit«, fuhr er fort, »daß es sich bei dem Monstrum um eine weibliche Person handelt, darf auf keinen Fall ausgeschlossen werden.«

Immer noch die gleiche kryptische Art, und ich muß gestehen, ich war ein wenig ärgerlich. »Holmes! Bei allem, was mir heilig ist – ich habe nicht die geringste Andeutung gemacht, daß mir ein derartiger Gedanke durch den Kopf ging.«

Holmes lächelte; an diesem Spiel hatte er sein Vergnügen. »Aber ja doch, Watson, gestehen Sie es ruhig. Genau so war es.«

»Nun gut. Aber –«

»Und Sie irren sich, wenn Sie meinen, es seien Ihnen keinerlei Anzeichen dieser Gedanken anzumerken.«

»Aber ich saß doch hier in aller Ruhe – völlig bewegungslos sogar! –, in die Lektüre meiner *Times* vertieft.«

»Ihre Augen und Ihr Kopf waren alles andere als ruhig, Watson. Bei der Zeitungslektüre war Ihr Blick auf die Spalte ganz links außen gerichtet, derjenigen, in der von Jack the Ripper und seiner jüngsten Greueltat zu lesen ist. Nach einer Weile wandten Sie Ihren Blick von dieser Meldung ab, die Stirn ärgerlich gerunzelt. Daß es einem solchen Monstrum möglich sein sollte, ungestraft durch die Straßen Londons zu streichen – das war ohne Zweifel der Gedanke, der Ihnen durch den Kopf ging.«

»Nur zu wahr.«

»Dann, mein Lieber, wandten sich Ihre Augen auf der Suche nach Halt dem *Strand Magazine* zu, das neben

Ihrem Sessel liegt. Zufällig zeigt die aufgeschlagene Seite eine Anzeige, in der die Firma Beldell Abendkleider für Damen anbietet, zu Preisen, die, wie es dort heißt, außerordentlich günstig sind. Ein Modell führt eines der Kleider in dieser Anzeige vor. Auf der Stelle veränderte sich Ihr Gesichtsausdruck – Ihr Gesicht wurde nachdenklich. Es war Ihnen eine Idee gekommen. Ohne den Ausdruck zu verändern, richteten Sie den Blick dann auf das Porträt Ihrer Majestät, das neben dem Kamin hängt. Nach kurzer Zeit entspannten sich Ihre Züge, und Sie nickten vor sich hin. Sie waren nun von der Richtigkeit Ihrer Idee überzeugt. Und an diesem Punkt stimmte ich Ihnen zu. Es ist gut möglich, daß der Ripper weiblichen Geschlechts ist.«

»Aber Holmes –«

»Wirklich, Watson. Ihr Ausscheiden aus dem aktiven Dienst hat Ihre Wahrnehmungsfähigkeit getrübt.«

»Aber als ich die Anzeige im *Strand* ansah, hätten mir doch ein Dutzend anderer Gedanken durch den Kopf gehen können!«

»Da kann ich nicht zustimmen. Ihre Gedanken waren voll und ganz mit dem Artikel über den Ripper beschäftigt, und eine Anzeige für Abendkleider hatte zu wenig mit Ihren üblichen Interessen zu tun, als daß sie Ihre Aufmerksamkeit hätte auf sich ziehen können. Also lag der Schluß nahe, daß der Gedanke, der Ihnen in den Kopf kam, etwas mit Ihren Reflexionen über das Monstrum zu tun haben mußte. Das bestätigten Sie mir, indem Ihr Blick auf das Porträt der Königin fiel.«

»Dürfte ich vielleicht erfahren, auf welche Weise das meine Gedanken zum Ausdruck brachte?« fragte ich verstimmt.

»Watson! Mit Sicherheit haben Sie weder das Mannequin noch unsere gnädige Königin verdächtigen wollen.

Ihr Interesse an beiden galt also ganz offensichtlich ihrer Weiblichkeit.«

»Das gebe ich zu«, erwiderte ich, »aber war es nicht wahrscheinlicher, daß ich in ihnen Opfer sah?«

»In diesem Falle hätte sich in Ihrer Miene Mitleid gespiegelt, nicht das Bild eines Bluthundes, der plötzlich auf eine Fährte gestoßen ist.«

Es blieb mir nichts übrig, als meine Niederlage einzugestehen. »Holmes, daß Sie sich mit Ihrer Redseligkeit aber auch immer selbst schaden müssen!«

Holmes zog die buschigen Augenbrauen zusammen. »Ich verstehe nicht, worauf Sie hinauswollen.«

»Denken Sie doch nur, wie großartig Sie dastünden, wenn Sie jegliche Erläuterung Ihrer verblüffenden Schlußfolgerungen verweigerten!«

»Aber um welchen Preis«, erwiderte er trocken, »für Ihre melodramatischen Erzählungen meiner belanglosen Abenteuer.«

Ich hob die Hände zum Zeichen, daß ich aufgab, und Holmes, der sich selten mehr als ein Lächeln gestattete, stimmte in diesem Falle in mein herzliches Lachen ein.

»Wo das Thema Jack the Ripper nun schon einmal aufgekommen ist«, sagte ich, »erlauben Sie mir eine weitere Frage. Warum haben Sie sich nicht mit dieser grauenhaften Geschichte beschäftigt, Holmes? Und sei es auch nur als eine bemerkenswerte Geste gegenüber der Londoner Bevölkerung.«

Holmes' lange, schmale Hände winkten ungeduldig ab. »Ich war beschäftigt. Wie Sie wissen, bin ich erst vor kurzem vom Kontinent zurückgekehrt, wo der Bürgermeister einer gewissen Stadt mich beauftragt hatte, ein höchst kurioses Rätsel zu lösen. Sie würden es, wie ich Sie kenne, *Der Fall des beinlosen Radfahrers* nennen. Eines Tages werde ich Ihnen mehr davon berichten.«

»Es wird mir eine große Freude sein! Aber nun sind Sie wieder in London, Holmes, und dieses Monstrum versetzt die Stadt in Angst und Schrecken. Da müßten Sie sich doch verpflichtet fühlen –«

»Ich bin niemandem verpflichtet«, knurrte Holmes.

»Verstehen Sie mich bitte nicht miß –«

»Tut mir leid, mein lieber Watson, aber Sie sollten mich gut genug kennen, um zu wissen, daß mir ein Fall wie dieser vollkommen gleichgültig ist.«

»Auch auf die Gefahr hin, daß Sie mich für noch einfältiger halten als die meisten meiner Mitmenschen –«

»Bedenken Sie doch! Wenn ich die Wahl hatte, habe ich da nicht immer zu Aufgaben von intellektuellem Charakter gegriffen? Habe ich mich nicht immer zu Gegnern von Format hingezogen gefühlt? Und ausgerechnet Jack the Ripper! Welche Herausforderung hätte mir denn dieser schwachsinnige Gewalttäter zu bieten? Ein geifernder Kretin, der nachts durch die Straßen streicht und ohne jeden Plan zuschlägt.«

»Die Londoner Polizei weiß nicht mehr weiter mit ihm.«

»Ich wage zu vermuten, daß sich in dieser Tatsache eher die Unzulänglichkeiten Scotland Yards niederschlagen als eine übermäßige Intelligenz auf seiten des Rippers.«

»Aber trotzdem –«

»Diese Angelegenheit wird ohnehin bald ihr Ende finden. Ich könnte mir denken, daß Lestrade eines nachts über den Ripper stolpern wird, während dieser Wahnsinnige gerade einen seiner Morde verübt, und so wird er ihn triumphierend zur Strecke bringen.«

Holmes' Verstimmung darüber, daß Scotland Yard seinen strengen Maßstäben nicht standzuhalten vermochte, war chronisch; bei aller Genialität konnte er zu solchen Gelegenheiten halsstarrig wie ein Kind sein. Doch jeder Kommentar meinerseits wurde durch das Schellen der Türglocke vereitelt, die in diesem Moment unten erklang. Es dauerte einen Augenblick, dann hörten wir Mrs. Hudson die Treppe hinaufkommen, und ich betrachtete ihren Auftritt mit Verwunderung. Sie brachte ein braunes Päckchen und einen Eimer Wasser, und in ihrem Gesicht stand der schiere Schrecken geschrieben.

Zum zweiten Male an diesem Vormittag lachte Holmes laut auf. »Keine Sorge, Mrs. Hudson. Dieses Päckchen macht einen ausgesprochen harmlosen Eindruck. Ich bin sicher, wir werden das Wasser nicht brauchen.«

Mrs. Hudson seufzte erleichtert auf. »Wenn Sie das sagen, Mr. Holmes. Aber nach der Sache neulich wollte ich lieber nichts mehr riskieren.«

»Und man muß Ihre Aufmerksamkeit loben«, sagte Holmes und nahm das Päckchen entgegen. »Vor kurzem«, fügte er hinzu, nachdem die leidgeprüfte Hauswirtin uns wieder verlassen hatte, »brachte Mrs. Hudson mir ein Päckchen. Es hatte etwas mit einer unangenehmen kleinen Angelegenheit zu tun, die ich mit Erfolg zu Ende gebracht hatte, und es stammte von einem auf Rache sinnenden Gentleman, der die Feinheit meines Gehörs unterschätzt hatte. Das Ticken des Zünders war nicht zu überhören, und ich bat um einen Eimer Wasser. Ein Vorfall, der Mrs. Hudson so in Schrecken versetzte, daß sie sich noch nicht wieder davon erholt hat.«

»Das wundert mich nicht!«

»Aber was haben wir denn nun hier? Hmmm. Ungefähr fünfzehn mal sechs Zoll. Vier Zoll stark. Sorgfältig in handelsübliches braunes Packpapier eingeschlagen. Abgestempelt in Whitechapel. Name und Adresse von einer Frau geschrieben, möchte ich vermuten, die nur selten zur Feder greift.«

»Das scheint sehr wahrscheinlich, dem ungelenken Gekritzel nach zu urteilen. Und ohne Zweifel handelt es sich um eine Frauenhandschrift.«

»Dann sind wir also einer Meinung, Watson. Ausgezeichnet! Sollen wir der Angelegenheit auf den Grund gehen?«

»Unbedingt!«

Die Ankunft des Päckchens hatte sein Interesse erregt, von dem meinen ganz zu schweigen; seine tiefliegenden grauen Augen begannen zu leuchten, als er das Packpapier entfernte und einen flachen ledernen Kasten zutage förderte. Er hielt ihn mir hin, damit ich ihn betrachten konnte. »Das wäre es also. Was halten Sie davon, Watson?«

»Es ist ein Operationsbesteck.«

»Wer sollte das besser wissen als Sie? Und haben Sie nicht auch den Eindruck, daß es ein teures Operationsbesteck ist?«

»Allerdings. Das Leder ist von außerordentlicher Qualität. Ausgezeichnete Handwerksarbeit.«

Holmes stellte den Kasten auf dem Tisch ab. Er öffnete ihn, und wir betrachteten ihn schweigend. Er enthielt den üblichen Satz von Instrumenten, und jedes paßte genau in die zugehörige Vertiefung des Kastens, der mit scharlachrotem Samt ausgeschlagen war. Eine der Vertiefungen war leer.

»Welches Instrument fehlt, Watson?«

»Das große Skalpell.«

»Das Seziermesser«, sagte Holmes mit einem Nicken und holte sein Vergrößerungsglas hervor. »Was mag uns dieser Kasten zu sagen haben? Um mit dem Offensichtlichen zu beginnen«, fuhr er fort, während er Kasten und Inhalt sorgfältig untersuchte, »diese Instrumente gehörten einem Mediziner, der in finanzielle Schwierigkeiten gekommen ist.«

Wie gewöhnlich war ich gezwungen, meine Blindheit zu bekennen, und sagte: »Ich fürchte, das ist für Sie offensichtlicher als für mich.«

Holmes, mit seiner Untersuchung beschäftigt, antwortete geistesabwesend: »Wenn das Leben es schlecht mit Ihnen meinen sollte, Watson, welches Ihrer Besitztümer würden Sie als letztes zum Pfandleiher geben?«

»Meine Instrumente natürlich. Aber –«

»Genau.«

»Woran erkennen Sie, daß dieser Kasten verpfändet wurde?«

»Wir haben gleich zwei Anzeichen. Schauen Sie durch mein Glas – hierhin.«

Ich betrachtete die Stelle, auf die er wies. »Ein weißer Fleck.«

»Silberpolitur. Kein Arzt würde jemals seine Instrumente mit einer solchen Flüssigkeit reinigen. Jemand, dem es lediglich um den äußeren Schein ging, hat sie behandelt wie gewöhnliche Tafelmesser.«

»Jetzt, wo Sie mich darauf hinweisen, Holmes, kann ich Ihnen nur zustimmen. Und welches ist Ihr zweiter Beweis?«

»Diese Kreidespuren entlang des Scharniers. Sie sind kaum mehr sichtbar, aber wenn Sie sie sorgfältig betrachten, werden Sie erkennen, daß dort eine Nummer stand. Eine Nummer, wie ein Pfandleiher sie mit Kreide auf einem verpfändeten Artikel vermerkt. Ohne Zweifel die Nummer des Pfandscheines.«

Ich spürte, wie mir der Zorn ins Gesicht stieg.

»Das Besteck wurde also gestohlen!« rief ich aus. »Jemand hat es einem Arzt gestohlen und beim Pfandleiher versetzt.« Meine Leser werden mir, da bin ich sicher, meine Entrüstung verzeihen; es fiel mir sehr schwer, die andere Möglichkeit in Erwägung zu ziehen: daß der Mediziner sich selbst unter den entsetzlichsten Umständen jemals vom Handwerkszeug seines noblen Berufs getrennt haben sollte.

Holmes allerdings nahm mir sofort meine Illusionen. »Ich fürchte, mein lieber Watson«, sagte er in bester Laune, »Sie haben das Beweismaterial nicht mit der geziemenden Sorgfalt betrachtet. Pfandleiher sind von der vorsichtigen Sorte. Zu ihrem Geschäftsgebaren gehört es, nicht nur die Gegenstände, die man bei ihnen versetzt, sondern auch die Menschen, die sie anbieten, genau zu taxieren. Hätte der Pfandleiher, der sich dazu herabließ, dieses Operationsbesteck anzunehmen, auch nur den kleinsten Verdacht gehabt, es könne gestohlen sein, dann hätte er es nicht in seinem Schaufenster ausgestellt, und genau das, wie Ihnen natürlich bereits aufgefallen ist, tat er.«

»Wie es mir natürlich nicht aufgefallen ist!« sagte ich gereizt. »Woher um alles in der Welt wollen Sie denn wissen, daß dieser Kasten im Schaufenster stand?«

»Sehen Sie genau hin«, sagte Holmes. »Der geöffnete Kasten lag an einer Stelle, an der er der Sonne ausgesetzt war – ist das nicht der Schluß, den der verblaßte Samt an der Innenseite des Deckels nahelegt? Und daß er in einem solchen Maße ausgebleicht ist, deutet darauf hin, daß er der Sonne über einen längeren Zeitraum hinweg ausgesetzt war. Das läßt doch ohne Zweifel auf ein Schaufenster schließen?«

Da konnte ich nur zustimmend nicken. Wie immer, wenn Holmes seine verblüffenden Beobachtungen erläuterte, schienen seine Schlußfolgerungen das reinste Kinderspiel zu sein.

»Ein Jammer«, sagte ich, »daß wir nicht wissen, wo der Pfandleiher zu finden ist. Dies seltsame Geschenk wäre es wohl wert, daß wir den Ort seiner Herkunft aufsuchen.«

»Zum gegebenen Zeitpunkt vielleicht, Watson«, sagte Holmes mit einem trockenen Kichern. »Das fragliche Pfandhaus muß recht abgelegen sein. Das Fenster liegt nach Süden und geht auf eine enge Straße hinaus. Die Geschäfte laufen nicht gut. Und der Pfandleiher ist ein Ausländer. Das zumindest werden Sie doch bemerkt haben?«

»Ich habe nichts dergleichen bemerkt«, entgegnete ich, von neuem verärgert.

»Aber ja«, sagte er, legte die Fingerspitzen aneinander und betrachtete mich freundlich, »Sie sehen alles, mein lieber Watson; nur gelingt es Ihnen nicht, es wirklich wahrzunehmen. Lassen Sie uns meine Schlußfolgerungen durchgehen. Keiner der zahlreichen Medizinstudenten der City of London hat die Gelegenheit genutzt, dieses Besteck zu erwerben, und ich kann Ihnen versichern, das wäre der Fall gewesen, wenn der Laden an einer belebten Durchgangsstraße läge. Daher meine Bemerkung, daß es sich um einen abgelegenen Laden handelt.«

»Aber muß er unbedingt an der Südseite einer engen Straße liegen?«

»Beachten Sie doch, an welcher Stelle der Kasten ausgebleicht ist. Ein gleichmäßiger Streifen entlang des oberen Randes des Samtfutters, nirgends sonst. Also traf das Licht der Sonne den geöffneten Kasten nur bei ihrem höchsten Stand, wenn die Strahlen über die Gebäude der gegenüberliegenden Straßenseite hinwegscheinen konnten. Demnach befindet sich das Pfandhaus auf der Südseite einer engen Straße.«

»Und wie haben Sie herausgefunden, daß der Pfandleiher ein Ausländer ist?«

»Betrachten Sie die Zahl Sieben in der Kreidemarkierung auf der Längsseite. Der Schrägstrich ist mit einem kurzen Querbalken versehen. Kein Engländer schreibt seine Sieben mit einem solchen Querstrich.«

Wie üblich fühlte ich mich wie ein Schuljunge der vierten Klasse, der sich nicht mehr des Wortlautes der Nationalhymne entsinnen kann. »Holmes, Holmes«, sagte ich kopfschüttelnd, »es wird mich stets von neuem verblüffen –«

Doch er hörte mir gar nicht zu. Erneut stand er über den Kasten gebeugt und setzte seine Pinzette am Samtfutter an. Es löste sich, und er zog es ab.

»Aha! Was haben wir hier? Den Versuch, etwas zu vertuschen?«

»Vertuschen? Was denn? Flecken? Kratzer?«

Er zeigte mit einem langen, dünnen Finger darauf. »Dieses.«

»Das ist ja ein Wappen!«

»Eines, das mir, wie ich zugeben muß, nicht vertraut ist. Wenn Sie also so freundlich sein wollen, Watson, mir mein Exemplar von *Burke's Peerage* zu reichen.«

Während ich pflichtergeben zum Bücherregal ging, setzte er seine Studien des Wappens fort und murmelte dabei vor sich hin: »Ins Leder des Kastens eingeprägt. Die Oberfläche noch beinahe unversehrt.« Er richtete sich auf. »Ein Hinweis, was für ein Mann der Besitzer dieses Kastens war.«

»Ein Mann, der pfleglich mit seinen Sachen umging, vielleicht?«

»Vielleicht. Aber was ich sagen wollte –«

Er brach ab. Ich hatte ihm den Burke gereicht, und er überflog rasch die Seiten. »Ah, da haben wir es!« Nach einer kurzen Überprüfung klappte Holmes das Buch zu, legte es auf den Tisch und ließ sich in einen Sessel fallen. Seine durchdringenden Augen waren konzentriert auf einen imaginären Punkt in der Ferne gerichtet.

Ich konnte meine Ungeduld nicht länger im Zaum halten. »Das Wappen, Holmes! Wessen Wappen ist es?«

»Ich bitte um Verzeihung, Watson«, sagte Holmes und löste sich mit einem Ruck aus seiner Versunkenheit. »Shires. Kenneth Osbourne, Herzog von Shires.«

Der Name war mir, genauer gesagt ganz England, nicht unbekannt. »Eine bedeutende Familie.«

Holmes nickte geistesabwesend. »Der Besitz der Familie liegt, wenn ich nicht irre, in Devonshire. Am Rande des Moores – Jagdgründe, die der adlige Sportsmann schätzt. Das Herrenhaus – eigentlich eher ein feudales Schloß – ist gut vierhundert Jahre alt, ein klassisches Beispiel gotischer Architektur. Ich weiß wenig über die Geschichte der Shires, aber ich bin sicher, keiner von ihnen hatte je etwas mit der Welt des Verbrechens zu tun.«

»Und damit, Holmes«, sagte ich, »wären wir zu unserer Ausgangsfrage zurückgekehrt.«

»So ist es.«

»Und die lautet: Warum hat man dieses Operationsbesteck an Sie geschickt?«

»Die Frage ist eine Herausforderung.«

»Möglicherweise ist der Brief, der die Erklärung liefert, aufgehalten worden.«

»Da könnten Sie gut die Antwort getroffen haben, Watson«, sagte Holmes. »Deshalb schlage ich vor, wir geben dem Absender etwas Zeit, sagen wir bis –« (er hielt inne, um seinen abgegriffenen *Bradshaw* zu holen, jenen bemerkenswerten Führer zu den Fahrplänen der britischen Eisenbahn) »– bis zehn Uhr dreißig morgen früh. Wenn sich bis dahin keine Erläuterung eingefunden hat, werden wir uns zur Paddington Station begeben und den Schnellzug nach Devonshire nehmen.«

»Aus welchem Grunde, Holmes?«

»Aus zwei Gründen. Eine kleine Reise durch das ländliche England, gerade zu dieser Jahreszeit mit dem Wechselspiel ihrer Farben, sollte doch für zwei gelangweilte Londoner ausgesprochen erquickend sein.«

»Und der andere Grund?«

Sein ernster Gesichtsausdruck wich einem höchst seltsamen Lächeln. »Es wäre doch nur recht und billig«, sagte mein Freund Holmes, »wenn man dem Herzog von Shires sein Eigentum zurückerstattete, nicht wahr?« Und damit sprang er auf und griff nach seiner Violine.

»Warten Sie, Holmes!« rief ich. »Sie verschweigen mir etwas bei dieser Sache.«

»Aber nein, mein lieber Watson«, sagte er und führte den Bogen in schnellem Tempo über die Saiten. »Doch mein Gefühl sagt mir, daß wir im Begriff sind, in eine höchst mysteriöse Angelegenheit verwickelt zu werden.«

Ellery macht weiter

Ellery blickte vom Manuskript auf. Grant Ames III. hatte sich von neuem über den Scotch hergemacht.

»Wenn das so weitergeht, wirst du mit einer Säuferleber enden«, sagte Ellery.

»Alter Spaßverderber«, erwiderte Ames. »Aber im Augenblick gehöre ich noch zur Weltgeschichte dazu, mein Junge. Ein Komödiant auf der großen Bühne des Lebens.«

»Und du spielst den Quartalssäufer?«

»Was bist du für ein Puritaner! Ich rede von diesem Manuskript. Im Jahre 1888 kam Sherlock Holmes in den Besitz eines geheimnisvollen Operationsbesteckes. Das forderte seinen großartigen Intellekt heraus, und eines seiner großartigen Abenteuer begann. Ein dreiviertel Jahrhundert später gelangt wiederum ein berühmter Detektiv in den Besitz eines Päckchens.«

»Worauf willst du hinaus?« knurrte Ellery, sichtlich hin- und hergerissen zwischen Dr. Watsons Manuskript und der Schreibmaschine, die auf ihn wartete.

»Wir brauchen nur den Intellekt unserer Zeit auf das Abenteuer unserer Zeit zu richten, und schon ist die Parallele perfekt. An die Arbeit, mein lieber Ellery. Ich werde dein Watson sein.«

Ellery erschauderte.

»Natürlich kannst du meine Qualifikation anzweifeln. Doch zu meiner Rechtfertigung weise ich dich darauf hin, daß ich die Karriere des Meisters aufmerksam verfolgt habe.«

Darauf lief es also hinaus. Ellery warf seinem Gast einen mißbilligenden Blick zu. »Wirklich? Na gut, du kluges Kerlchen. Zitat: ›Im Frühling des Jahres 1894 hielt ganz London den Atem an; aus Sensationslust die meisten, aus Empörung die oberen Zehntausend:‹«

»›Einer ihrer Standesgenossen, Ronald Adair, war ermordet worden.‹ Ende des Zitats«, entgegnete Ames, ohne zu zögern. »*Das leere Haus,* aus *Die Rückkehr des Sherlock Holmes.*«

»Zitat: ›Bei diesen Worten hatte sie einen kleinen blanken Revolver hervorgezogen und feuerte Schuß auf Schuß aus einer Entfernung von – ‹«

»›– noch nicht einmal zwei Fuß auf Milvertons Hemdbrust.‹ Ende des Zitats. *Einbrecher im Frack.*«

»Sie übertreffen sich selbst, Watson! Zitat: ›Dies sind die Geschlagenen und doch nicht Gebrochenen. Dies sind die Entwürdigten, doch niemals die Würdelosen.‹«

»Ende des Zitats.« Der Playboy gähnte. »Deine Versuche, mich in die Irre zu führen, sind kindisch, mein lieber Ellery. Da hast du dich selbst zitiert, *Der Gegenspieler.*«

Ellery blickte ihn finster an. Der Kerl hatte doch noch etwas anderes im Kopf als üppige Blondinen und teuren Whisky. »Touché, touché. Dann wollen wir mal sehen. Ich werde dich schon noch in die Ecke treiben –«

»Sicher wirst du das, wenn du's nur lange genug versuchst, doch genau daran werde ich dich hindern. An die Arbeit, Mr. Queen. Du hast das erste Kapitel des Manuskripts gelesen. Daraus mußt du doch schon ein paar deiner berühmten Queenschen Schlußfolgerungen ziehen können – sonst borge ich mir nie wieder eins deiner Bücher.«

»Alles, was ich im Augenblick sagen kann, ist, daß die Handschrift, die als diejenige Watsons ausgegeben wird, exakt, energisch und ein wenig verschnörkelt ist.«

»Das hört sich aber nicht nach Holmes an, alter Kumpel. Die Frage lautet doch: Ist es Watsons Handschrift oder nicht? Ist das Manuskript der wahre Jakob oder nicht? Also los, Queen! Zeig, was du kannst.«

»Ach, halt den Mund«, sagte Ellery und vertiefte sich von neuem in die Lektüre.

Zweites Kapitel: Das Schloß im Moor

In seinen späteren Jahren zog sich mein Freund Sherlock Holmes, wie ich an anderer Stelle berichtet habe, aus dem turbulenten Londoner Leben in die South Downs zurück, um sich dort ausgerechnet der Bienenzucht zu widmen. Solchermaßen brachte er seine Karriere ohne auch nur eine Spur von Bedauern zu Ende und wandte sich jener ländlichen Beschäftigung mit der gleichen Zielstrebigkeit zu, die ihn in den Stand gesetzt hatte, so viele der raffiniertesten Verbrecher der Welt zur Strecke zu bringen.

Doch zu der Zeit, als Jack the Ripper durch die Straßen und Gassen Londons strich, war Holmes ganz und gar ein Geschöpf des Großstadtlebens. Mit jedem seiner Sinne war er auf die Gefahren Londons in der Morgen- wie in der Abenddämmerung eingestellt. Der üble Gestank einer Gasse in Soho konnte seine Nasenflügel erbeben lassen, während die ersten ländlichen Frühlingslüftchen ihn mit ihrem Duft wohl eher in Schlummer versetzten.

Mit Verwunderung und Vergnügen wurde ich deshalb an jenem Morgen des Interesses gewahr, mit dem er die vorbeiziehende Landschaft verfolgte, während der Schnellzug uns in rasender Fahrt nach Devonshire brachte. Mit konzentrierter Miene blickte er durchs Fenster, bis sich mit einem Male seine schmalen Schultern strafften.

»Ah, Watson! Die frische Luft des nahenden Winters. Eine Wohltat für den Körper.«

Ich persönlich war da zu jenem Zeitpunkt anderer Meinung, denn ein verknöcherter Schotte, der mit uns zusammen eingestiegen war, verpestete das Abteil mit einer abscheulichen Zigarre, die er zwischen den Zähnen hielt. Aber Holmes schien den Gestank gar nicht zu bemerken. Draußen verfärbten sich die Blätter, und leuchtende herbstliche Farben zogen an uns vorbei.

»Dies England, Watson. Dies zweite Eden, fast ein Paradies.«

Diese Anspielung auf das Dichterwort vermehrte noch mein Erstaunen. Natürlich wußte ich, daß mein Freund sehr wohl einen sentimentalen Zug hatte, obschon seine rationale Natur es nur selten gestattete, daß dieser sichtbar wurde. Doch der Stolz auf das Vaterland ist eine Eigenschaft der britischen Volksseele, und Holmes war in dieser Hinsicht keine Ausnahme.

Je näher wir unserem Ziel kamen, desto mehr verschwand seine fröhliche Miene; er wurde nachdenklich. Wir befanden uns nun auf dem Moor, einer jener weiten Flächen aus Schlamm und Morast, die das Gesicht Englands wie ein großes Grindmal bedecken. Als wolle die Natur auf einer angemessenen Kulisse bestehen, verschwand die Sonne hinter mächtigen Wolken, und es schien, als seien wir an einen Ort des ewigen Zwielichtes geworfen worden.

Kurz darauf waren wir auf dem Bahnsteig eines kleinen ländlichen Bahnhofes angelangt; Holmes vergrub die Hände in den Taschen, und seine tiefliegenden Augen leuchteten, wie so oft, wenn er mit einem Problem beschäftigt war.

»Erinnern Sie sich an die Geschichte der Baskervilles, Watson, an den Fluch, der ihr Leben verdüsterte?«

»Aber gewiß erinnere ich mich.«

»Ihr Besitz liegt nicht weit von hier. Wir sind allerdings in die Gegenrichtung unterwegs.«

»Das ist mir lieb. Dieser Höllenhund verfolgt mich noch heute in meinen Träumen.«

Ich war verwirrt. Normalerweise hatte Holmes, wenn er mit einem Fall beschäftigt war, für nichts anderes in seiner Umgebung Augen; kein geknickter Zweig entging seiner Aufmerksamkeit, doch die Landschaft, in der er sich befand, pflegte er kaum wahrzunehmen. Ebensowenig war es seine Art, zu solchen Zeiten Erinnerungen nachzuhängen. Und nun ging er ungeduldig auf und ab, als bedaure er, dem Impuls nachgegeben zu haben, der ihn auf diese Reise gebracht hatte.

»Watson«, sagte er, »wir sollten sehen, daß wir einen Einspänner mieten und diese Angelegenheit erledigen.«

Das Pony, das wir uns beschafften, stammte zweifellos aus dem Geschlecht derjenigen, die auf dem Moor frei lebten, doch war das kleine Biest fügsam genug, und es trabte gleichmäßig die Straße zwischen dem Dorf und dem Landsitz der Shires entlang. Nach einiger Zeit kamen die Türme von Shires Castle in Sicht, und sie gaben dem Bild eine noch melancholischere Färbung.

»Die Jagdgründe liegen dahinter«, sagte Holmes. »Der Herzog verfügt über einen weitläufigen Besitz.« Forschend betrachtete er die vor uns liegende Landschaft und fuhr fort: »Ich habe meine Zweifel, Watson, ob uns in diesem düsteren Gemäuer ein gutgelaunter, rotbackiger Gastgeber erwarten wird.«

»Was bringt Sie zu dieser Annahme?«

»Menschen von altem Geschlecht neigen dazu, die Farben ihrer Umgebung widerzuspiegeln. Sie werden sich erinnern, daß in Baskerville Hall nicht ein einziges fröhliches Gesicht zu finden war.«

Das konnte ich nicht bestreiten, und meine Aufmerksamkeit richtete sich auf das unfreundliche Grau von Shires Castle. Früher war es mit Burggraben und Ziehbrücke ausgestattet gewesen, doch spätere Generationen hatten sich für den Schutz von Gut und Leben lieber auf die örtliche Polizeiwache verlassen. Der Graben war zugeschüttet worden, und die Ketten der Brücke hatten schon manches Jahr nicht mehr gerasselt.

Ein Butler führte uns in ein karges und kaltes Wohnzimmer; er ließ sich unsere Namen nennen und legte dabei ein Gebaren an den Tag, als sei er Charon höchstpersönlich, der sich unseres Anrechtes auf eine Überfahrt über den Styx vergewissere. Bald erkannte ich, daß Holmes' Voraussage sich bewahrheitete. Der Herzog von Shires war der kälteste und abweisendste Mensch, dem ich jemals begegnet war.

Er war schmal und hatte etwas von einem Schwindsüchtigen an sich. Doch dieser Eindruck täuschte. Bei näherem Hinsehen wirkten seine Züge frisch, und ich erkannte in dem scheinbar so gebrechlichen Körper eine drahtige und kraftvolle Natur.

Der Herzog bot uns keine Plätze an. Statt dessen sagte er abrupt: »Sie haben Glück, daß Sie mich hier antreffen. Eine Stunde später, und ich wäre bereits auf dem Weg nach London. Ich bin nur selten hier auf dem Lande. Weswegen sind Sie gekommen?«

Holmes' Ton entsprach in keiner Weise den schlechten Umgangsformen des Edelmannes. »Wir werden Ihre Zeit nicht länger in Anspruch nehmen als notwendig, Euer Gnaden. Wir sind lediglich gekommen, um Ihnen dies zu bringen.«

Mit diesen Worten holte er das Operationsbesteck hervor, das wir in braunes Packpapier gewickelt und dann versiegelt hatten.

»Was ist das?« fragte der Herzog, ohne sich zu rühren.

»Ich schlage vor, Euer Gnaden«, antwortete Holmes, »Sie öffnen es und sehen dann selbst.«

Der Herzog von Shires runzelte die Stirn, dann entfernte er die Verpackung. »Wo haben Sie das her?«

»Ich bedaure, aber bevor ich antworte, muß ich Euer Gnaden bitten, es als Ihr Eigentum zu identifizieren.«

»Ich habe es noch nie gesehen. Wie um alles in der Welt sind Sie auf die Idee gekommen, es zu mir zu bringen?« Der Herzog hatte das Kästchen aufgeklappt und starrte die Instrumente mit offensichtlicher Verwunderung an.

»Die Erklärung, warum wir zu Ihnen gekommen sind, werden Sie ins Leder eingeprägt finden, wenn Sie das Futter zurückziehen.«

Mit nach wie vor gerunzelter Stirn befolgte der Herzog Holmes' Vorschlag. Er starrte das Wappen an, und ich beobachtete ihn genau dabei; doch nun war es an mir, verblüfft dreinzublicken. Sein Ausdruck wandelte sich. Die dünnen Lippen zeigten die Spur eines Lächelns, seine Augen strahlten, und er betrachtete das Kästchen mit einer Miene, die ich nur als den Ausdruck größter Genugtuung beschreiben kann, beinahe von Triumph. Doch so schnell, wie er gekommen war, verschwand dieser Ausdruck wieder vom Gesicht des Herzogs.

Ich blickte zu Holmes hinüber, in der Hoffnung, dort eine Erklärung zu finden, denn ich wußte, daß ihm die Reaktion des Edelmannes nicht entgangen sein würde. Doch seine Lider waren über die scharfen Augen gesenkt, das vertraute Gesicht eine Maske. »Damit ist, wenn ich nicht irre, Ihre Frage beantwortet, Euer Gnaden«, sagte Holmes.

»Aber ja doch«, antwortete der Herzog in beiläufigem Ton, als sei die Angelegenheit damit als unbedeutend abgetan. »Das Kästchen gehört mir nicht.«

»Vielleicht könnten Euer Gnaden uns einen Hinweis auf den Besitzer geben?«

»Mein Sohn, nehme ich an. Zweifellos gehörte es Michael.«

»Es kam von einem Londoner Pfandhaus.«

Die Lippen des Herzogs verzogen sich zu einem sardonischen Lächeln. »Das wundert mich nicht.«

»Könnten Sie uns vielleicht die Adresse Ihres Sohnes –«

»Der Sohn, von dem ich spreche, Mr. Holmes, ist tot. Mein jüngerer Sohn, Sir.«

»Ich bedaure, das zu hören, Euer Gnaden«, sagte Holmes mit sanfter Stimme. »Fiel er einer Krankheit zum Opfer?«

»Einer schweren Krankheit. Er starb vor einem halben Jahr.«

Die Art, wie der Herzog das Wort »sterben« betonte, kam mir seltsam vor. »Ihr Sohn war Arzt?« fragte ich.

»Er studierte, um Arzt zu werden, aber er brachte es nicht zustande, so wie er überhaupt nie etwas zustandebrachte. Und dann starb er.«

Wieder diese seltsame Betonung. Ich warf Holmes einen Blick zu, doch der schien sich eher für die wuchtigen Möbel und die gewölbte Decke des Saales zu interessieren, denn seine Augen wanderten bald hierhin, bald dorthin, und seine schlanken, nervigen Hände hielt er hinter dem Rücken verschränkt.

Der Herzog von Shires hielt ihm das Kästchen hin. »Da dies nicht mein Eigentum ist, Sir, gebe ich es Ihnen zurück. Und wenn Sie mich nun bitte entschuldigen wollen, ich muß mich für meine Reise zurechtmachen.«

Holmes' Benehmen verwunderte mich. Er hatte sich die herablassende Behandlung durch den Herzog ohne ein Widerwort gefallen lassen. Es war sonst nicht gerade Holmes' Art, sich so mit Füßen treten zu lassen. Und nun verbeugte er sich geradezu unterwürfig und sagte: »Wir werden Ihre Zeit nicht länger in Anspruch nehmen, Euer Gnaden.«

Doch der Herzog blieb bei seinem rüden Benehmen. Er dachte nicht daran, nach dem Butler zu läuten. Wir mußten also selbst unter seinen mißbilligenden Blicken den Weg hinaus finden.

Das allerdings sollte sich als glücklicher Umstand erweisen. Als wir durch die riesige Halle dem Eingangsportal zustrebten, traten durch eine Seitentüre zwei Personen ein, ein Mann und ein Kind.

Anders als der Herzog machten sie einen ausgesprochen freundlichen Eindruck.

Das Kind, ein neun- oder zehnjähriges Mädchen, lächelte so strahlend, wie es das bei seinem kleinen, blassen Gesicht nur eben konnte. Der Mann war, wie der Herzog, von schmächtiger Statur. Seine hellen, aufmerksamen Augen hatten zwar etwas Fragendes, aber aus ihnen sprach Neugier, keine Feindseligkeit. Er war dunkelhaarig, und die Ähnlichkeit zum Herzog von Shires ließ nur einen Schluß zu.

Hier hatten wir unzweifelhaft den älteren seiner beiden Söhne vor uns.

Ich hatte nicht den Eindruck, daß diese Begegnung besonders überraschend war, aber meinen Freund Holmes schien sie aus der Fassung zu bringen. Abrupt hielt er inne, und das Sezierbesteck, das er in der Hand hatte, fiel mit einer Heftigkeit auf den Boden, daß das stählerne Klirren der Instrumente durch den weitläufigen Raum hallte.

»Wie ungeschickt von mir!« rief er aus und legte dann eine noch größere Ungeschicklichkeit an den Tag, denn er verstellte mir den Weg, so daß ich die Instrumente nicht aufsammeln konnte.

Lächelnd eilte der Mann zu Hilfe. »Erlauben Sie, Sir«, sagte er und ging in die Knie.

Das Kind reagierte beinahe genauso schnell. »Ich helfe dir, Papa.«

Das Lächeln des Mannes vertiefte sich. »Aber gern, mein Schatz. Wir helfen dem Herrn gemeinsam. Du kannst mir die Instrumente anreichen. Aber vorsichtig, sonst schneidest du dich.«

Wir sahen schweigend zu, während das Mädchen seinem Vater die blitzenden Instrumente reichte, eines nach dem anderen. Die Zuneigung zu ihr, die er so offensichtlich verspürte, war rührend, und er wandte kaum einen Augenblick lang den Blick seiner dunklen Augen von ihr, während er die Instrumente an ihren Platz zurücklegte.

Als er fertig war, richtete er sich wieder auf. Doch das Mädchen suchte nach wie vor den Steinfußboden ab. »Wo ist das letzte geblieben, Papa? Eines fehlt noch.«

»Das war wohl nicht dabei, mein Schatz. Ich glaube nicht, daß noch eines am Boden liegt.« Er warf Holmes einen fragenden Blick zu, und dieser erwachte aus der tiefen Gedankenverlorenheit, der er, wie es schien, anheimgefallen war.

»Ganz recht, eines fehlte, Sir. Ich danke Ihnen, und bitte entschuldigen Sie meine Ungeschicklichkeit.«

»Nicht der Rede wert. Ich hoffe, die Instrumente sind nicht beschädigt worden.« Er reichte das Kästchen Holmes, der es lächelnd zurücknahm.

»Habe ich vielleicht die Ehre, mit Lord Carfax zu sprechen?«

»Die haben Sie«, sagte der dunkelhaarige Mann herzlich. »Und das ist meine Tochter Deborah.«

»Erlauben Sie, Ihnen meinen Kollegen Dr. Watson vorzustellen. Mein Name ist Sherlock Holmes.«

Der Name schien Lord Carfax zu beeindrucken – seine Augen weiteten sich vor Überraschung. »Dr. Watson«, murmelte er zur Begrüßung, doch sein Blick blieb auf Holmes geheftet. »Und Sie, Sir – es ist mir eine große Ehre. Ich habe von Ihren Abenteuern gelesen.«

»Zu gütig, Euer Lordschaft«, antwortete Holmes.

Deborahs Augen leuchteten. Sie machte einen Knicks und sagte: »Auch mir ist es eine Ehre, Sie kennenzulernen, meine Herren.« Sie sagte das so anmutig, daß es einen rührte. Lord Carfax stand stolz dabei; und doch spürte ich in seinem Benehmen etwas Trauriges.

»Deborah«, sagte er mit ernster Stimme, »das ist ein Ereignis in deinem Leben, das du dir merken mußt: der Tag, an dem du zwei berühmte Herren kennengelernt hast.«

»Das werde ich tun, Papa«, sagte das kleine Mädchen feierlich und pflichtergeben. Sie hatte – da hatte ich keinen Zweifel – nie zuvor von uns gehört.

Holmes schloß den Austausch von Höflichkeiten ab, indem er sagte: »Euer Lordschaft, wir waren gekommen, um dieses Kästchen dem Herzog von Shires zurückzuerstatten, den ich für den rechtmäßigen Besitzer hielt.«

»Und Sie mußten feststellen, daß es sich um einen Irrtum handelte.«

»Genau. Seine Gnaden äußerte die Vermutung, es stamme vielleicht aus dem Besitz Michael Osbournes, Ihres verstorbenen Bruders.«

»Verstorben?« Es klang eher nach einem überdrüssigen Kommentar als nach einer Frage.

»So deutete man uns an.«

Der traurige Ausdruck in Lord Carfax' Gesicht war nun nicht mehr zu übersehen. »Vielleicht ist es die Wahrheit, vielleicht auch nicht. Mein Vater ist – wie Sie zweifellos bereits vermuteten, Mr. Holmes – ein strenger und unerbittlicher Mensch. Für ihn ist der gute Name der Osbournes wichtiger als alles andere. Geradezu mit Leidenschaft trägt er dafür Sorge, daß der Stammbaum der Shires ohne Makel bleibt. Als er meinen jüngeren Bruder vor etwa einem halben Jahr verstieß, war Michael damit in seinen Augen gestorben.« Er hielt inne, um zu seufzen. »Ich fürchte, was Vater angeht, wird Michael ein Toter bleiben, selbst wenn er vielleicht noch am Leben ist.«

»Wissen Sie selbst denn, ob Ihr Bruder noch lebt?« fragte Holmes.

Lord Carfax runzelte die Stirn, was ihn dem Herzog bemerkenswert ähnlich erscheinen ließ. Es schien mir, als wolle er einer Antwort ausweichen. »Sagen wir so, Sir: Ich habe keinen Beweis, daß er gestorben ist.«

»Ich verstehe«, sagte Holmes. Dann blickte er zu dem kleinen Mädchen hinunter und lächelte. Deborah Osbourne kam näher und legte ihre Hand auf die seine.

»Ich mag Sie sehr gern, Sir«, sagte sie feierlich.

Es war ein bezaubernder Augenblick. Das freimütige Geständnis schien Holmes peinlich. »Zugegeben, Lord Carfax«, sagte er, während die kleine Hand noch immer in der seinen ruhte, »Ihr Vater ist ein harter Mann. Aber einen Sohn zu verstoßen! Eine solche Entscheidung fällt man nicht leichtfertig. Offenbar hat sich Ihr Bruder etwas Schwerwiegendes zuschulden kommen lassen.«

»Michael hat gegen den Wunsch meines Vaters geheiratet.« Lord Carfax zuckte die Schultern. »Es ist nicht meine Art, mit Fremden über Familienangelegenheiten zu sprechen, Mr. Holmes, aber Deborah« – und er fuhr seiner Tochter über das glänzende Haar – »ist mein Barometer, Persönlichkeiten zu beurteilen.« Ich erwartete, daß Seine Lordschaft sich erkundigen würde, worauf Holmes' Interesse an Michael Osbourne begründet sei, doch er tat es nicht.

Auch Holmes schien mit einer solchen Frage gerechnet zu haben. Als sie ausblieb, reichte er Lord Carfax den Kasten mit dem Operationsbesteck. »Vielleicht darf ich dies Ihnen übergeben, Euer Lordschaft.«

Lord Carfax nahm das Kästchen mit einer stummen Verbeugung an.

»Und nun müssen wir uns auf den Weg machen, denn ich fürchte, der Zug wird nicht auf uns warten.« Der großgewachsene Holmes wandte seinen Blick nach unten. »Auf Wiedersehen, Deborah. Dich kennenzulernen war das Angenehmste, was Dr. Watson und mir seit langem widerfahren ist.«

»Ich hoffe, Sie kommen bald wieder, Sir«, entgegnete das Kind. »Es ist so einsam hier, wenn Papa nicht da ist.«

Auf der Rückfahrt ins Dorf sprach Holmes nur wenig; kaum daß er auf meine Kommentare einging. Erst als es in rasender Fahrt zurück nach London ging, wurde er gesprächiger. Die hageren Züge boten jenen abwesenden Blick, den ich so gut kannte, und er sagte: »Ein interessanter Mann, Watson.«

»Das mag sein«, erwiderte ich ärgerlich. »Aber auch der abscheulichste, der mir je begegnet ist. Solche Männer sind es – Gott sei Dank gibt es ja nicht allzu viele davon –, die dem britischen Adel einen schlechten Ruf eintragen.«

Meine Verärgerung amüsierte Holmes. »Ich meinte den Filius, nicht den Pater.«

»Den Sohn? Natürlich hat es mich gerührt, wie Lord Carfax an seiner Tochter hängt –«

»Aber Sie hatten das Gefühl, er sei zu mitteilsam?«

»Genau diesen Eindruck hatte ich, Holmes, auch wenn ich mir nicht erklären kann, wie Sie darauf gekommen sind. Ich habe mich doch ganz aus dem Gespräch herausgehalten.«

»Ihr Gesicht ist wie ein Spiegel, mein lieber Watson«, entgegnete er.

»Er selbst gab ja zu, er habe zu offen über Familienangelegenheiten geredet.«

»Aber hat er das denn wirklich? Gehen wir zunächst einmal davon aus, daß er ein Dummkopf ist. In dem Falle haben wir einen liebevollen Vater mit einem Hang zur Geschwätzigkeit.«

»Und wenn wir die kompliziertere Möglichkeit annehmen, daß er alles andere als ein Dummkopf ist?«

»Dann hat er genau den Eindruck erweckt, den er erwecken wollte; und ich persönlich neige eher zu dieser Meinung. Er kannte meinen Namen und meinen Ruf, Watson, und den Ihren auch. Er wird uns die Rolle der barmherzigen Samariter wohl kaum abgenommen haben, denen kein Weg zu weit ist, um ein altes Operationsbesteck seinem rechtmäßigen Eigentümer zurückzuerstatten.«

»Aber warum sollte er deswegen gesprächig werden?«

»Aber mein Lieber, er hat uns nichts gesagt, was ich nicht schon wußte oder mit Leichtigkeit aus dem Archiv jeder Londoner Zeitung hätte erfahren können.«

»Und was hat er vor uns verborgen gehalten?«

»Ob sein Bruder Michael am Leben ist oder nicht. Ob er in Verbindung zu seinem Bruder steht.«

»Er schien es nicht zu wissen, nach dem, was er sagte.«

»Das, Watson, war möglicherweise genau der Schluß, den Sie ziehen sollten.« Bevor ich etwas einwerfen konnte, fuhr Holmes fort. »Sie müssen nämlich wissen, ich bin nicht unvorbereitet nach Shires gereist. Kenneth Osbourne hatte zwei Söhne, als er den Herzogtitel erbte. An den jüngeren, Michael, ging natürlich kein Titel. Inwiefern das die Eifersucht in ihm weckte, kann ich nicht wissen; von da an jedenfalls benahm er sich auf eine Weise, daß die Londoner Journalisten ihm den Beinamen ›der Wüstling‹ verliehen. Eben sprachen Sie von der unmenschlichen Härte des Vaters, Watson. Meine Informationen zeigen ganz im Gegenteil, daß der Herzog ausgesprochen nachsichtig gegenüber seinem jüngeren Sohn war. Aber am Ende strapazierte der Junge die Geduld seines Vaters doch zu sehr, als er eine Frau heiratete, die dem ältesten Gewerbe der Welt nachging: eine Prostituierte nämlich.«

»Ich verstehe allmählich«, murmelte ich. »Aus Bosheit oder Haß, um den Titel zu beschmutzen, den er nicht erben konnte.«

»Vielleicht«, sagte Holmes. »In jedem Fall mußte das für den Herzog die naheliegende Erklärung sein.«

»Das wußte ich nicht«, sagte ich beschämt.

»Nur zu menschlich, mein lieber Watson, sich auf die Seite des Verlierers zu stellen. Aber man tut gut daran, vorher genau zu klären, wer der Verlierer ist. Was den Herzog angeht – ich gebe zu, er ist ein schwieriger Mann; aber er hat sein Kreuz zu tragen.«

»Dann stimmt wohl«, entgegnete ich enttäuscht, »meine Einschätzung von Lord Carfax genausowenig.«

»Ich weiß es nicht, Watson. Wir haben nur sehr wenige Anhaltspunkte. Er hat allerdings zwei Fehler begangen.«

»Ich habe nichts bemerkt.«

»Ebensowenig wie er.«

Meine Gedanken kreisten um grundsätzlichere Dinge. »Holmes«, sagte ich, »da stimmt doch etwas nicht. Wir haben doch nicht wirklich diese ganze Reise unternommen, nur um ein Fundstück seinem rechtmäßigen Besitzer zurückzubringen, oder?«

Versonnen blickte er zum Abteilfenster hinaus. »Das Operationsbesteck wurde an unsere Adresse geliefert. Ich würde bezweifeln, daß man uns mit einem Fundbüro verwechselt hat.«

»Aber wer hat es uns geschickt?«

»Jemand, der wollte, daß wir es bekommen.«

»Wir können also nur abwarten.«

»Watson, ich will nicht sagen, etwas sei faul an der Sache. Aber ich habe da etwas in der Nase. Vielleicht wird Ihr Wunsch doch noch erfüllt.«

»Mein Wunsch?«

»Wenn ich mich recht erinnere, waren Sie vor kurzem der Meinung, ich solle dem Yard bei der Lösung des Falls Jack the Ripper meine Hilfe anbieten.«

»Holmes –!«

»Natürlich fehlt uns jeglicher Beweis, daß eine Verbindung zwischen dem Ripper und diesem Operationsbesteck besteht. Aber das Seziermesser fehlt.«

»Es ist mir nicht entgangen, was das bedeutet. Vielleicht wird es schon heute nacht in den Körper eines unglücklichen Opfers gestoßen!«

»Die Möglichkeit besteht, Watson. Es mag ein symbolischer Akt gewesen sein, daß jemand das Seziermesser herausnahm; eine hintergründige Anspielung auf das teuflische Monstrum.«

»Warum hat sich der Absender nicht gemeldet?«

»Dafür kann es eine ganze Reihe von Gründen geben. Angst ist wohl einer der naheliegendsten. Ich glaube, mit der Zeit werden wir die Wahrheit herausfinden.« Holmes versank in jenen Zustand, den ich so gut kannte. Ich wußte, es war sinnlos, weiter in ihn zu dringen. Ich lehnte mich zurück und blickte düster zum Fenster hinaus, während der Zug in Richtung Paddington raste.

Ellery denkt nach

Ellery blickte von seiner Lektüre auf.

Grant Ames, eben damit beschäftigt, sein x-tes Glas zu leeren, fragte begierig: »Nun?«

Mit gerunzelter Stirn erhob Ellery sich und ging zum Bücherregal. Er nahm ein Buch heraus und suchte nach etwas; Grant wartete. Er stellte das Buch wieder an seinen Platz und kam zurück.

»Christianson's.«

Grant sah verständnislos aus.

»Wie ich aus diesem Buch ersehe, war Christianson's damals eine bekannte Papiermanufaktur. Das ist das Wasserzeichen auf dem Papier dieser Kladde.«

»Damit hätten wir's also!«

»Nicht unbedingt. Aber wir brauchen uns ja auch gar keine Gedanken um die Echtheit des Manuskriptes zu machen. Falls das ein Angebot sein soll, es zu kaufen – ich bin nicht interessiert. Wenn es echt ist, kann ich es mir nicht leisten. Und wenn es eine Fälschung ist –«

»Ich glaube nicht, daß es darum ging, alter Junge.«

»Worum ging es denn dann?«

»Woher soll ich das wissen? Ich nehme an, jemand will, daß du es liest.«

Ellery rieb sich nervös die Nase. »Bist du sicher, daß man es dir bei dieser Party ins Auto gelegt hat?«

»Kann nirgendwo anders gewesen sein.«

»Und der Umschlag ist von einer Frau beschrieben. Wie viele Frauen waren dort?«

Grant zählte sie an den Fingern ab. »Vier.«

»Irgendwelche Bücherwürmer dabei? Sammlerinnen? Antiquarinnen? Kleine alte Damen, die nach Lavendel und Staub rochen?«

»Zum Teufel, nein. Vier schicke junge Dinger, die's drauf anlegten, sich 'nen Mann zu angeln. 'nen Ehemann. Ehrlich gesagt, Ellery, ich kann mir nicht vorstellen, daß eine von denen Sherlock Holmes von Aristophanes unterscheiden kann. Aber du mit deinen obskuren Talenten, du brauchst höchstens einen Nachmittag, um den Täter ausfindig zu machen.«

»Hör mal, Grant, zu jeder anderen Zeit hätte ich mitgespielt. Aber ich habe es dir doch erklärt – ich sitze mal wieder mit den Terminen in der Klemme. Ich kann mir das einfach nicht leisten.«

»Das wäre also alles, Maestro? Meine Güte, Mann, bist du denn nichts als ein mieser Schreiberling? Ich komme her und bringe dir eine wunderbar geheimnisvolle Geschichte –«

»Und ich«, sagte Ellery und legte Grant das Tagebuch mit Nachdruck in den Schoß, »gebe sie dir auf der Stelle zurück. Ich mache dir einen Vorschlag. D u machst dich auf die Socken, jetzt gleich – das Glas kannst du mitnehmen –, und suchst die Dame, die hinter diesem Scherz steckt.«

»Das mache ich womöglich wirklich«, jammerte der Millionär.

»Schön. Sag mir Bescheid, wie es ausgeht.«

»Das Manuskript hat dich also nicht beeindruckt?«

»Aber natürlich hat es das.« Widerstrebend nahm Ellery das Tagebuch wieder auf und blätterte darin.

»So ist's recht, alter Freund!« Ames erhob sich.

»Warum lasse ich es nicht einfach hier? Schließlich war der Umschlag an dich adressiert. Ich könnte dir von Zeit zu Zeit Bericht erstatten –«

»Aber laß viel Zeit dazwischen verstreichen.«

»Ganz wie der Herr befiehlt. Also gut, ich werde dir so wenig wie möglich zur Last fallen.«

»Noch weniger, wenn's geht. Und nun sieh zu, daß du rauskommst, Grant. Ich meine das ernst.«

»Du bist verbissen, mein Guter. Du verstehst überhaupt keinen Spaß. Ach übrigens« – Ames drehte sich im Flur noch einmal um –, »du mußt neuen Scotch kommen lassen. Dieser hier ist alle.«

Als er wieder allein war, stand Ellery unschlüssig da. Schließlich legte er die Kladde aufs Sofa und setzte sich wieder an seinen Schreibtisch. Er starrte die Schreibmaschinentasten an. Die Tasten starrten zurück. Er rutschte in seinem Drehstuhl hin und her; es kribbelte ihn im Hintern. Er rückte den Stuhl näher heran. Von neuem fuhr er sich über die Nase.

Die Kladde lag in aller Ruhe auf dem Sofa.

Ellery spannte ein neues Blatt Papier in die Maschine ein. Er hob die Hände, streckte die Finger, dachte nach und begann zu tippen.

Er tippte hastig; dann hielt er inne und las, was er zu Papier gebracht hatte:

»Denn einen fröhlichen Heber«, sagte Nikki, »hat Gott lieb.«

»Also gut!« sagte Ellery. »Ein Kapitel noch!«

Er sprang auf, stürmte zum Sofa herüber, stürzte sich auf das Tagebuch, schlug es auf und begann, das dritte Kapitel zu verschlingen.

Drittes Kapitel: Whitechapel

»Übrigens, Holmes, was ist eigentlich aus Wiggins geworden?« Diese Frage stellte ich am späten Vormittag des folgenden Tages in der Wohnung in der Baker Street.

Nach unserer Rückkehr von Shires Castle hatten wir am Abend zuvor im Bahnhofsrestaurant gespeist. »Der junge amerikanische Pianist Benton spielt heute abend in der Albert Hall«, hatte Holmes zu mir gesagt. »Den kann ich Ihnen nur empfehlen, Watson.«

»Mir war bisher nicht bekannt, daß die Staaten nennenswerte Pianistentalente hervorgebracht haben.«

Worauf Holmes gelacht hatte. »Aber, aber, mein Lieber! Seien Sie nicht ungerecht zu den Amerikanern. Schließlich gibt es sie nun seit über einem Jahrhundert, und seither ist einiges aus ihnen geworden.«

»Es wird mir ein Vergnügen sein, Sie zu begleiten.«

»Lediglich ein Vorschlag für Ihre eigene Abendunterhaltung. Ich möchte einige Dinge erforschen, um die man sich besser im Dunkeln kümmert.«

»In diesem Falle ziehe ich den Lehnstuhl am Kamin und eines Ihrer faszinierenden Bücher vor.«

»Ich kann Ihnen eines empfehlen, das ich vor kurzem erworben habe: *Onkel Toms Hütte* von einer amerikanischen Dame namens Stowe. Ein schwermütiges Werk, das die Nation aufrütteln soll, ein großes Unrecht wiedergutzumachen. Es war, glaube ich, einer der Anlässe für den Bürgerkrieg dort. Ich mache mich nun auf den Weg. Vielleicht leiste ich Ihnen später bei einem Schlummertrunk Gesellschaft.«

Holmes kam jedoch erst sehr spät zurück, als ich bereits zu Bett gegangen war. Er weckte mich nicht, so daß wir uns erst beim Frühstück wieder zu Gesicht bekamen. Ich hatte auf einen Bericht über seine nächtlichen Unternehmungen gehofft, doch nichts dergleichen war mir vergönnt. Holmes schien es auch nicht sonderlich eilig zu haben, die Angelegenheit voranzutreiben, denn er verharrte in seinem mausgrauen Morgenmantel träge über dem Tee und hüllte den Raum in dichte Wolken aus seiner geliebten Tonpfeife ein.

Da war plötzlich ein Poltern auf der Treppe zu vernehmen, und ein Dutzend der schmutzigsten, zerlumptesten Jungen von ganz London stürzte ins Zimmer. Es handelte sich um Holmes' unglaubliche Bande von Gassenjungen, die er abwechselnd die »Geheimpolizei, Abteilung Baker Street«, seine »Untergrundarmee« oder die »Freischärler von der Baker Street« nannte.

»Achtung!« kommandierte Holmes, die Jungen traten in einer Zickzackreihe an, und die kleinen verdreckten Gesichter erstarrten in dem, was sie offenbar für eine Habachtstellung hielten.

»Nun, habt ihr ihn gefunden?«

»Ja, Sir, das ham wir«, antwortete einer aus der Gruppe.

»Ich war es, Sir«, meldete ein anderer sich aufgeregt zu Wort und zeigte beim Grinsen die Lücke, in der ihm drei Zähne fehlten.

»Sehr gut«, sagte Holmes streng, »aber vergeßt nicht, wir arbeiten zusammen, Männer. Kein Ruhm für einen allein. Einer für alle und alle für einen.«

»Jawohl, Sir«, brüllten sie im Chor.

»Der Rapport?«

»Es ist in Whitechapel.«

»Ah!«

»In der Great Heapton Street, bei der Brücke. Die Straße ist da sehr eng, Sir.«

»Sehr gut«, sagte Holmes zum zweiten Mal. »Hier ist euer Lohn. Und dann raus mit euch.«

Er gab jedem der Jungen einen glänzenden Shilling. Sie stürmten mit dem gleichen Getöse davon, mit dem sie gekommen waren, und bald drangen ihre schrillen Kinderstimmen von der Straße zu uns herauf.

Holmes klopfte seine Pfeife aus. »Wiggins? Oh, der hat sich prächtig gemacht. Ist zur Armee gegangen. Die letzte Nachricht von ihm kam aus Afrika.«

»Ein heller Bursche, wenn ich mich recht erinnere.«

»Das sind sie alle. Und Londons Vorrat an solch kleinen Bettlern ist unerschöpflich. Doch nun muß ich eine Erkundigung einziehen. Lassen Sie uns aufbrechen.«

Man mußte nicht gerade ein Hellseher sein, um vorauszusehen, wohin der Weg uns führte. Es überraschte mich also nicht, mich vor dem Schaufenster eines Pfandhauses in der Great Heapton Street, Whitechapel, wiederzufinden. Die Straße war, wie Holmes es geschlossen hatte und wie die Kinder es ihm bestätigt hatten, eng, und auf der Straßenseite gegenüber dem Laden ragten die Gebäude hoch auf. Als wir ankamen, fiel gerade ein Streifen Sonnenlicht auf das Fensterglas, auf dem zu lesen stand: »Joseph Beck, Pfandleiher«.

Holmes deutete auf eine Stelle des Schaufensters. »Dort hat das Besteck gelegen, Watson. Sehen Sie, wohin das Sonnenlicht fällt?«

Ich konnte nur zustimmend nicken. Ich mochte den unfehlbaren Scharfsinn seiner Schlüsse noch so sehr gewohnt sein – der Beweis, wenn er ihn lieferte, verblüffte mich immer wieder von neuem.

Im Laden wurden wir von einem rundlichen Mann mittleren Alters begrüßt, dessen Schnurrbart stark gewichst und nach soldatischer Manier gezwirbelt war. Joseph Beck war der Prototyp eines deutschen Geschäftsmannes, und seine Versuche, sich zum Preußen zu stilisieren, machten einen grotesken Eindruck.

»Kann ich zu Diensten sein, meine Herren?« Er sprach mit starkem Akzent.

Wir standen wahrscheinlich ein wenig über den Kunden, die er sonst in diesem Viertel hatte, und vielleicht hoffte er ein Pfandgut von großem Wert zu erwerben. Er stand sogar stramm und schlug die Hacken zusammen.

»Kürzlich bekam ich ein Operationsbesteck zum Geschenk«, sagte Holmes, »das in diesem Laden erworben wurde.«

Die vorstehenden kleinen Augen des Herrn Beck blickten verschlagen. »Ja?«

»Aber eines der Instrumente fehlte, und ich hätte gerne einen kompletten Satz. Haben Sie chirurgische Instrumente, unter denen ich das fehlende vielleicht finden kann?«

»Tut mir leid, Sir, aber da werde ich Ihnen wohl nicht helfen können.« Die Enttäuschung des Pfandleihers war nicht zu übersehen.

»Erinnern Sie sich an das Besteck, das ich meine – an den Verkauf?«

»Aber ja, Sir. Das war erst vorige Woche, und ich bekomme nur selten solche Sachen. Aber der Kasten war vollständig, als die Frau ihn auslöste und mitnahm. Hat sie Ihnen gesagt, eines der Instrumente habe gefehlt?«

»Das weiß ich nicht mehr«, sagte Holmes lässig. »Aber im Augenblick können Sie mir wohl nicht helfen.«

»Tut mir leid, Sir. Ich habe kein einziges chirurgisches Instrument, das der Rede wert wäre.«

Nun gab Holmes sich gereizt. »Den ganzen Weg für nichts und wieder nichts! Sie haben mir große Unannehmlichkeiten verursacht, Beck.«

Der Mann war verblüfft. »Aber da tun Sie mir unrecht, Sir. Wie können Sie mich für das verantwortlich machen, was mit dem Kästchen geschah, nachdem es meinen Laden verlassen hatte?«

Holmes zuckte die Schultern. »Das stimmt wohl«, sagte er obenhin. »Aber ärgerlich ist es schon. Schließlich komme ich von weit her.«

»Aber Sir, hätten Sie sich da nicht besser bei dem armen Geschöpf erkundigt, das das Besteck hier auslöste –«

»Armes Geschöpf? Was soll das heißen?«

Der strenge Tonfall, in dem Holmes das sagte, erschreckte den Mann. Er hatte den für Kaufleute so typischen Drang, gefällig zu sein, und entschuldigte sich hastig. »Verzeihen Sie, Sir. Ich hatte Mitleid mit dieser Frau. Deswegen habe ich ihr das Kästchen auch viel zu billig gegeben. Dieses entsetzlich entstellte Gesicht – es verfolgt mich seitdem.«

»Ah«, murmelte Holmes, »ich verstehe.« Er wandte sich schon mit berechnend enttäuschter Miene ab, da hellten sich seine Adlerzüge auf. »Mir kommt da eben ein Gedanke. Wenn ich mit dem Mann in Verbindung kommen könnte, der den Kasten ursprünglich bei Ihnen versetzt hat . . .«

»Ich bezweifle, daß das möglich ist, Sir. Es war schon vor einer ganzen Weile.«

»Wie lange ist es her?«

»Da müßte ich in meinen Büchern nachsehen.«

Mit gerunzelter Stirn holte er ein Register unter der Theke hervor und blätterte darin. »Da haben wir es. Beinahe vier Monate her. Wie die Zeit vergeht!«

»Das kann man sagen«, pflichtete Holmes ihm bei. »Haben Sie Namen und Adresse des Mannes?«

»Es war kein Mann, Sir. Es war eine Dame.«

Holmes und ich warfen einander Blicke zu. »Verstehe«, sagte Holmes. »Aber selbst nach vier Monaten ist es vielleicht noch einen Versuch wert. Wie lautet der Name, bitte?«

Der Pfandleiher konsultierte sein Buch. »Young. Miss Sally Young.«

»Und die Adresse?«

»Das Armenhaus in der Montague Street.«

»Seltsame Adresse«, bemerkte ich.

»Allerdings, mein Herr. Mitten in Whitechapel. Ein gefährlicher Ort heutzutage.«

»So ist es. Ich wünsche Ihnen einen guten Tag«, sagte Holmes höflich. »Sie waren sehr entgegenkommend.«

Holmes lachte leise vor sich hin, während wir uns vom Pfandhaus entfernten. »Man muß nur wissen, wie man mit jemandem wie diesem Joseph Beck umzugehen hat. Wenn man ihn an der langen Leine führt, kommt er willig mit, aber schieben läßt er sich keinen Zoll weit.«

»Mir schien, als sei er sehr hilfsbereit gewesen.«

»Das war er auch. Aber hätten unsere Erkundigungen auch nur die Spur einer offiziellen Befragung an sich gehabt, so hätten wir ihm nicht einmal die Uhrzeit entlocken können.«

»Ihre Theorie, bei der Entnahme des Seziermessers habe es sich um eine symbolische Geste gehandelt, hat sich bewahrheitet, Holmes.«

»Das mag sein, aber diese Erkenntnis hilft uns nicht viel weiter. Der nächste Punkt auf unserer Liste ist, wie es scheint, ein Besuch bei Miss Sally Young im Armenhaus in der Montague Street. Ich nehme an, Sie haben sich ein Bild von den beiden weiblichen Wesen gemacht, nach denen wir suchen?«

»Natürlich. Diejenige, die das Besteck versetzte, war offenbar in finanziellen Schwierigkeiten.«

»Möglich, Watson, aber alles andere als sicher.«

»Aber wenn sie das nicht war, warum sollte sie dann die Instrumente verpfändet haben?«

»Ich neige zu der Annahme, daß es sich um einen Dienst handelte, den sie einem Dritten erwies. Jemandem, der nicht in der Lage war, zum Pfandleiher zu gehen, oder dort nicht gesehen werden wollte. Ein Operationsbesteck würde man nicht gerade im Besitz einer Dame vermuten. Und was meinen Sie zu der Frau, die das Pfandgut wieder auslöste?«

»Das einzige, was wir von ihr wissen, ist, daß sie sich eine Verletzung im Gesicht zugezogen hat. Vielleicht ist sie ein Opfer des Rippers, das dem tödlichen Stoß entging?«

»Großartig, Watson! Eine bewundernswerte Hypothese. Die Beobachtung, um die es mir ging, liegt allerdings in einem etwas anderen Bereich. Es wird Ihnen nicht entgangen sein, daß Herr Beck diejenige, die das Kästchen auslöste, als ›Frau‹ bezeichnete, während er von derjenigen, die es versetzte, in respektvollerem Ton als einer ›Dame‹ sprach. Wir können also mit Sicherheit annehmen, daß es sich bei Miss Sally Young um eine Person handelt, die einigen Respekt gebietet.«

»Selbstverständlich, Holmes. Der Stellenwert dieser Beobachtung war mir allerdings, wie ich gestehen muß, entgangen.«

»Die zweite Frau ist zweifellos von niedrigerem Rang. Vielleicht eine Prostituierte. Ich bin sicher, solche unglücklichen Geschöpfe finden sich in diesem Viertel zuhauf.«

Die Montague Street lag nicht weit entfernt, nicht einmal zwanzig Minuten zu Fuß vom Geschäft des Pfandleihers aus. Sie war, wie sich herausstellte, eine kurze Verbindungsstraße zwischen dem Purdy Court und dem Olmstead Circus, letzterer ein wohlbekannter Zufluchtsort für die große Zahl der Londoner Bettler. Wir bogen in die Montague Street ein und waren erst wenige Schritte gegangen, als Holmes innehielt. »Aha! Was haben wir hier?«

Ich folgte seinem Blick und sah über einem alten gemauerten Durchgang ein Schild, auf dem nur ein einziges Wort stand: »Leichenhalle«. Ich halte mich nicht für einen sonderlich empfindlichen Menschen, doch als ich in die dunkle Tiefe dieses tunnelartigen Einganges blickte, verdüsterte sich meine Stimmung auf die gleiche Weise wie am Tag zuvor, als ich zum ersten Male Shires Castle zu Gesicht bekam.

»Holmes«, sagte ich, »das ist kein Armenhaus. Es sei denn, man könnte eine Zuflucht für die Toten so nennen!«

»Lassen Sie uns mit dem Urteil noch warten und erst einen Blick hineinwerfen.« Mit diesen Worten stieß er eine knarrende Tür auf, die in einen gepflasterten Hof führte.

»Hier riecht es nach Tod, ohne Zweifel«, sagte ich.

»Und es ist ein frischer Geruch, Watson. Warum sonst sollte sich unser Freund Lestrade an diesem Orte finden?«

Am gegenüberliegenden Ende des Hofes standen zwei Männer ins Gespräch vertieft, und einen der beiden hatte Holmes rascher erkannt als ich. In der Tat, es war Inspektor Lestrade von Scotland Yard; er war noch hagerer, als ich ihn in Erinnerung hatte, und sah einem Frettchen um so ähnlicher.

Lestrade wandte sich um, als er unsere Schritte hörte. Überraschung zeigte sich auf seinem Gesicht. »Mr. Holmes! Was machen Sie denn hier?«

»Wie schön, Sie zu sehen, Lestrade«, rief Holmes mit freundlichem Lächeln aus. »Es ist herzerfrischend, Scotland Yard pflichtbewußt auf den Spuren des Verbrechens zu finden, wohin auch immer sie führen mögen.«

»Kein Grund, sarkastisch zu werden«, entgegnete Lestrade beleidigt.

»Schwache Nerven? Da muß Ihnen aber etwas stark zusetzen.«

»Wenn Sie nicht wissen, worum es hier geht, dann haben Sie heute morgen die Zeitung nicht gelesen«, entgegnete Lestrade kurz angebunden.

»Das habe ich tatsächlich nicht.«

Der Polizeibeamte wandte sich mir zu, um mich zu begrüßen. »Dr. Watson. Unsere Pfade haben sich schon lange nicht mehr gekreuzt.«

»Viel zu lange, Inspektor Lestrade. Sie sind wohlauf, hoffe ich?«

»Ab und zu ein Hexenschuß. Aber ich werd's schon überleben.« Und düster fügte er hinzu: »Wenigstens bis ich sehe, wie dieser Wahnsinnige aus Whitechapel am Galgen baumelt.«

»Der Ripper hat wieder zugeschlagen?« fragte Holmes in scharfem Ton.

»Allerdings. Der fünfte Anschlag, Mr. Holmes. Sie haben natürlich davon gelesen, auch wenn ich mich nicht erinnern kann, daß Sie dem Yard Ihre Dienste angeboten hätten.«

Holmes parierte diesen Hieb nicht. Statt dessen warf er mir einen funkelnden Blick zu. »Wir kommen der Sache näher, Watson.«

»Was sagen Sie da?« rief Lestrade aus.

»Der fünfte, sagen Sie? Damit meinen Sie wohl den fünften Mord, der bekanntgeworden ist?«

»Bekanntgeworden oder nicht, Holmes –«

»Ich wollte nur zu bedenken geben, daß man sich nicht sicher sein kann. Sie haben die Leichname von fünf Opfern des Rippers gefunden. Andere sind vielleicht zerstückelt und gründlich beseitigt worden.«

»Ein schöner Gedanke«, murmelte Lestrade.

»Kann ich einen Blick auf den Leichnam des ›fünften‹ Opfers werfen?«

»Da hinein. Oh, das ist Dr. Murray. Er hat die Leitung hier.«

Dr. Murrays Körper wirkte ausgezehrt, sein Gesicht war leichenblaß, und er hatte eine ruhige Art, die mich für ihn einnahm. Aus seinem ganzen Wesen sprach jene tiefe Resignation, die man so oft bei denjenigen findet, die von Berufs wegen ein vertrautes Verhältnis zu den Toten haben. Lestrades Vorstellung quittierte er mit einer Verbeugung und sagte: »Ich führe hier die Geschäfte, aber mir wäre lieber, die Nachwelt behielte mich als Direktor des Armenhauses nebenan in Erinnerung. Dort kann man eher jemandem zu Diensten sein. Den armen Geschöpfen, die hierher kommen, ist nicht mehr zu helfen.«

»Wir sollten zusehen, daß wir weiterkommen«, unterbrach Lestrade ihn und führte uns durch eine Tür. Ein starker Geruch nach Phenol schlug uns entgegen, ein Geruch, den ich nur zu gut kennengelernt hatte, als ich in Ihrer Majestät Diensten in Indien stand. Der Raum, den wir nun betraten, ließ einem bewußt werden, wie wenig die Menschen zu tun pflegen, um die Würde der Toten zu bewahren. Es war eigentlich kein Zimmer, sondern eher ein langer, breiter Flur, dessen Wände und Decke pietätlos weiß gekalkt waren. Eine Seite bestand ganz aus einer erhöhten Plattform, von der grob gezimmerte hölzerne Tische in bestimmten Abständen aufragten. Gut die Hälfte dieser Tische war mit reglosen, mit Tüchern bedeckten Gestalten belegt; doch Lestrade führte uns an die gegenüberliegende Wand.

Dort erhob sich eine weitere Plattform mit ihrem Tisch und ihrem mit Tüchern bedeckten Häufchen Mensch. Diese Plattform lag etwas höher als die anderen, und ihre Position legte beinahe die Vermutung nahe, man werde über ihr ein Schild »Neuzugänge« angebracht finden.

»Annie Chapman«, sagte Lestrade düster. »Das neueste Opfer unseres Schlächters.« Mit diesen Worten zog er das Leichentuch zurück.

Wenn es um Verbrechen ging, so konnte niemand sachlicher sein als Holmes; doch in diesem Falle lief ein grimmiges Mitleid über seine Züge. Und ich muß zugeben, daß mir schwindelte, so gründlich ich den Tod auch, im Bett und auf dem Schlachtfeld, kennengelernt hatte. Dieses Mädchen war abgeschlachtet worden wie ein Tier. Doch zu meiner Verwunderung schien so etwas wie Enttäuschung das Mitleid auf Holmes' Gesicht zu verdrängen. »Keinerlei Narben im Gesicht«, murmelte er, und es klang wie ein Vorwurf.

»Der Ripper pflegt die Gesichter seiner Opfer nicht zu verstümmeln«, sagte Lestrade. »Er beschränkt sich auf die intimeren Bereiche des Körpers.«

Holmes war zu seiner kalten und analytischen Art zurückgekehrt. Nun hätte er ebensogut eine Demonstration auf dem Seziertisch betrachten können. Er berührte mich am Arm. »Beachten Sie, mit welcher Geschicklichkeit diese entsetzliche Arbeit verrichtet worden ist, Watson. Das bestätigt uns, was wir in den Zeitungen gelesen haben. Das Monstrum setzt sein Messer nicht wahllos an.«

Inspektor Lestrade blickte finster drein. »An diesem Schnitt in den Unterleib ist mit Sicherheit nichts Geschicktes. Der Ripper dürfte ein Schlachtermesser benutzt haben.«

»Und danach wurde der Unterleib seziert, wahrscheinlich mit einem Skalpell«, murmelte Holmes.

Lestrade zuckte die Schultern. »Dieser zweite Stich da, der ins Herz – auch dazu wurde ein Schlachtermesser benutzt.«

»Die linke Brust ist nach allen Regeln der Kunst amputiert worden, Lestrade«, sagte ich, und es lief mir kalt über den Rücken.

»Der Ripper verstümmelt seine Opfer mal mehr, mal weniger. Es hängt wohl davon ab, wieviel Zeit ihm bleibt. In einigen Fällen finden sich fast gar keine Spuren; das sind die Fälle, in denen er bei seiner teuflischen Arbeit gestört worden ist.«

»Ich sehe mich gezwungen, gewisse voreilige Schlüsse zurückzunehmen.« Holmes schien mehr mit sich selbst als mit uns zu sprechen. »Ein Wahnsinniger, zweifellos. Und doch intelligent. Ein Genie vielleicht.«

»Dann sehen Sie also ein, daß das kein Schwachsinniger ist, mit dem der Yard es hier zu tun hat, Mr. Holmes?«

»Aber gewiß, Lestrade. Und es wird mir eine Ehre sein, Sie zu unterstützen, wo immer meine bescheidenen Kräfte es mir ermöglichen.«

Lestrade machte große Augen. So zurückhaltend hatte er Holmes nie zuvor von seinen Talenten sprechen hören. Der Inspektor war um eine passende Antwort verlegen, so sehr verblüffte ihn diese Bemerkung.

Er erholte sich jedoch zumindest so weit, daß er seine übliche Bitte vorbringen konnte. »Wenn Sie das Glück haben sollten, diesen Teufel in die Finger zu bekommen –«

»Ich beanspruche keine Ehre, Lestrade«, entgegnete Holmes. »Der Yard soll sein volles Maß an Ruhm ernten.« Er hielt inne, dann fügte er mit düsterer Miene hinzu: »Sofern wir überhaupt eine Ernte einbringen.« Er wandte sich Dr. Murray zu. »Ob Sie uns wohl erlauben, Ihr Armenhaus zu besichtigen, Doktor?«

Dr. Murray verbeugte sich. »Es wird mir eine Ehre sein, Mr. Holmes.«

Im gleichen Augenblick öffnete sich die Tür, und eine jämmerliche Gestalt trat ein. Vieles an diesem schlurfenden Wesen war bemitleidenswert, aber was mir als erstes auffiel, war die völlige Leere seiner Augen. Das ausdruckslose Gesicht, der hängende, halb geöffnete Mund waren deutliche Zeichen des Schwachsinns. Der Mann schlurfte vorwärts und erklomm die Plattform. Er warf Dr. Murray einen leeren, fragenden Blick zu, und dieser lächelte ihn an, wie man ein Kind anlächelt.

»Ah, Pierre. Du kannst den Leichnam bedecken.«

Ein Funken Eifer zeigte sich in den ausdruckslosen Zügen. Ob ich wollte oder nicht, ich mußte an einen treuen Hund denken, dem sein Herr einen guten Bissen zugeworfen hat. Dr. Murray gab uns ein Zeichen, und wir verließen die Plattform.

»Ich gehe dann«, sagte Lestrade und sog noch einmal mit gerümpfter Nase den Phenolgeruch ein. »Wenn Sie noch irgendwelche Informationen brauchen, Mr. Holmes«, sagte er freundlich, »dann zögern Sie nicht, sich bei mir zu melden.«

»Ich danke Ihnen, Lestrade«, sagte Holmes mit der gleichen Freundlichkeit. Offenbar hatten die beiden Detektive sich zu einem Waffenstillstand entschlossen, bis zur Aufklärung dieser entsetzlichen Angelegenheit – und es war, das darf ich hinzufügen, der erste Burgfrieden zwischen den beiden, von dem ich je vernommen hatte.

Als wir das Leichenhaus verließen, warf ich noch einen Blick zurück und sah, wie Pierre sorgfältig das Tuch über den Leichnam Annie Chapmans breitete. Es entging mir nicht, daß auch Holmes seinen Blick in die Richtung des armen Teufels wandte, und etwas blitzte in seinen grauen Augen auf.

Viertes Kapitel: Dr. Murrays Armenhaus

Man tut, was man kann«, sagte Dr. Murray wenig später, »aber in einer Stadt so groß wie London ist das, als wollte man das Meer mit einem Besen zurückfegen. Ein Meer aus Elend und Verzweiflung.«

Wir hatten die Leichenhalle verlassen und überquerten einen mit Steinfliesen gepflasterten Innenhof. Er führte uns durch eine weitere Tür in eine ärmliche, aber weniger düstere Umgebung. Das Armenhaus war sehr alt. Ursprünglich war es als Stall gebaut worden, ein niedriges, langgestrecktes Steingebäude, bei dem die Stellen, an denen sich die Boxen befunden hatten, noch deutlich zu sehen waren. Auch hier hatte man mit der weißen Farbe nicht gespart, doch der penetrante Phenolgeruch mischte sich mit den nicht ganz so unangenehmen Ausdünstungen von Arzneien, einem dampfenden Gemüseeintopf und von ungewaschenen Menschenleibern. Der Saal war langgestreckt wie eine Bahnhofshalle, und man hatte zwei oder manchmal drei der Boxen zu größeren Räumen zusammengefaßt, um sie so den Zwecken, denen sie nun dienten, anzupassen. In Fraktur beschriebene Schilder wiesen sie als Schlafräume für Männer oder Frauen aus. Es gab einen Raum für die ärztliche Behandlung und einen Warteraum mit steinernen Bänken. Vor uns wies ein Schild den Weg: »Zur Kapelle und zum Speisesaal«. Die Eingänge zu den

Schlafräumen für Frauen waren mit Vorhängen verschlossen, aber die zu denen der Männer standen offen, und man konnte eine Reihe von erbärmlichen Gestalten auf den eisernen Pritschen schlafen sehen.

Drei Patienten saßen im Warteraum der medizinischen Abteilung; das Behandlungszimmer nahm ein riesiger, gewalttätig wirkender Mann ein, der sein Tagwerk als Schornsteinfeger eben erst beendet zu haben schien. Mit mürrischer Miene saß er dort. Sein Blick war auf eine hübsche junge Dame geheftet, die ihn versorgte. Einer seiner riesigen Füße ruhte auf einem niedrigen Schemel, und die junge Dame war eben damit fertig geworden, ihn zu verbinden. Sie richtete sich auf und strich sich eine dunkle Locke aus der Stirn.

»Ein böser Schnitt an einer Glasscherbe«, erstattete sie Dr. Murray Bericht. Der Doktor beugte sich hinunter, um den Verband zu inspizieren, und ließ dem Fuß dieses grobschlächtigen Kerls nicht weniger Aufmerksamkeit angedeihen, als er in einem Behandlungszimmer in der Harley Street gefunden hätte. Er richtete sich auf und redete dem Mann freundlich zu.

»Sie müssen morgen wieder herkommen und den Verband wechseln lassen, mein Freund. Aber kommen Sie auch wirklich.«

Der Kerl zeigte keinerlei Dankbarkeit. »Jetz' krieg' ich meinen Stiefel nich' mehr an. Wie soll ich 'n da laufen?«

Er tat, als sei der Arzt dafür verantwortlich, und ich konnte nicht an mich halten. »Wären Sie nüchtern geblieben, mein guter Mann, dann wären Sie vielleicht nicht in die Scherbe getreten.«

»Nu aber halblang, Meister«, sagte er in einem poltrigen Ton wie ein Dragoner. »'n Mann wird sich ja noch ab und zu 'n Gläschen genehmigen dürfen!«

»Ich möchte bezweifeln, daß es für Sie jemals bei nur einem Gläschen geblieben ist.«

»Bitte warten Sie hier einen Augenblick«, schaltete sich Dr. Murray ein. »Pierre wird Ihnen einen Stock bringen. Wir haben immer ein paar für solche Fälle auf Vorrat.«

Dann wandte er sich an die junge Dame und fuhr fort: »Sally, diese Herren sind Mr. Sherlock Holmes und sein Kollege, Dr. Watson. Meine Herren, darf ich Ihnen Miss Sally Young vorstellen, meine Nichte und rechte Hand. Ich wüßte nicht, was ohne sie aus diesem Haus würde.«

Sally Young reichte jedem von uns ihre schlanke Hand. »Es ist mir eine Ehre«, sagte sie zurückhaltend und gelassen. »Die Namen sind mir nicht unbekannt. Aber ich hatte niemals erwartet, zwei solche Berühmtheiten persönlich kennenzulernen.«

»Zu freundlich von Ihnen«, murmelte Holmes.

Es war großzügig und taktvoll von ihr, mich in einem Atemzug mit Sherlock Holmes zu nennen, dessen Schatten ich doch lediglich war, und ich verneigte mich.

Dr. Murray sagte derweil: »Ich hole den Stock selbst, Sally. Kannst du Mr. Holmes und Dr. Watson für den Rest der Besichtigung führen? Vielleicht möchten sie noch die Kapelle und die Küche sehen.«

»Aber sicher. Wenn Sie mir bitte folgen wollen.«

Dr. Murray eilte in Richtung Leichenhalle davon, während wir mit Miss Young gingen. Doch nur ein kleines Stückchen lang. Noch bevor wir an der Tür angelangt waren, sagte Holmes unvermittelt: »Unsere Zeit ist knapp, Miss Young. Vielleicht können wir den zweiten Teil der Besichtigung einem späteren Besuch vorbehalten. Heute sind wir aus beruflichem Interesse hier.«

Das Mädchen schien nicht überrascht zu sein. »Ich verstehe, Mr. Holmes. Kann ich etwas für Sie tun?«

»Vielleicht können Sie das. Vor einiger Zeit haben Sie einen gewissen Gegenstand bei einem Pfandleiher in der Great Heapton Street versetzt. Erinnern Sie sich?«

»Aber natürlich«, entgegnete sie, ohne auch nur einen Augenblick lang zu zögern. »So lange ist das ja noch nicht her.«

»Würde es Ihnen etwas ausmachen, wenn Sie uns sagten, wie Sie in den Besitz des Kästchens kamen und warum Sie es versetzten?«

»Nicht im geringsten. Es gehörte Pierre.«

Für mich war das eine verblüffende Auskunft, doch Holmes zuckte nicht einmal mit der Wimper. »Dem armen Kerl, der den Verstand verloren hat.«

»Ein bemitleidenswerter Fall«, sagte das Mädchen.

»Und ein hoffnungsloser, wage ich zu sagen«, fuhr Holmes fort. »Wir haben ihn vorhin gesehen. Können Sie uns etwas über seine Herkunft sagen?«

»Wir wissen nicht das geringste darüber, wer er war, bevor er hier ankam. Die Ankunft war allerdings bemerkenswert genug. Eines Abends, es war schon spät, ging ich durch die Leichenhalle, und da stand er, neben einer der Leichen.«

»Und was tat er, Miss Young?«

»Er tat gar nichts. Er stand einfach neben der Leiche und war in jenem verwirrten Zustand, der Ihnen sicher aufgefallen ist. Ich sprach ihn an und brachte ihn zu meinem Onkel. Und seitdem ist er hier. Die Polizei scheint ihn nicht zu suchen, denn Inspektor Lestrade zeigte nicht das geringste Interesse an ihm.«

Miss Sally Young stieg in meinem Ansehen immer weiter. Hier konnte man echten Mut bewundern. Ein Mädchen, das nachts durch eine Leichenhalle ging, eine so groteske Gestalt wie Pierre bei einer der Leichen stehen sah und trotzdem nicht entsetzt davonlief!

»Darauf kann man nichts geben«, hub Holmes an und hielt dann inne.

»Wie bitte, Sir?«

»Nur eine Randbemerkung. Erzählen Sie bitte weiter, Miss Young.«

»Wir kamen zu dem Schluß, jemand müsse Pierre zum Armenhaus gebracht und hier ausgesetzt haben, so wie ledige Mütter ihre Kinder an der Pforte eines Zufluchtsortes aussetzen. Dr. Murray untersuchte ihn und stellte fest, daß er einige Zeit zuvor eine schwere Verletzung erlitten hatte, so, als sei er brutal zusammengeschlagen worden. Die Kopfwunden waren inzwischen verheilt, aber nichts konnte den Schleier vertreiben, der sich für immer über seinen Verstand gelegt hatte. Er hat sich als harmlos erwiesen und ist auf so rührende Weise bemüht, bei all unseren Arbeiten zu helfen, daß er nun ganz zu uns gehört. Natürlich denken wir nicht im Traum daran, ihn in eine Welt zurückzustoßen, in der er nicht zurechtkommen kann.«

»Und das Operationsbesteck?«

»Er hatte ein Bündel mit Kleidung bei sich. Das Kästchen war darin eingewickelt; das einzig Wertvolle, was er besaß.«

»Was hat er Ihnen über sich selbst erzählt?«

»Nichts. Er kann nur mit Mühe sprechen – einzelne, kaum verständliche Worte.«

»Aber wieso wissen Sie, daß er Pierre heißt?«

Sie lachte und wurde ein bißchen rot, was ihr gut stand. »Ich war so frei, ihn zu taufen. Die wenigen Kleider, die er bei sich hatte, trugen französische Etiketten. Und er hatte ein buntes Taschentuch, in das französische Schriftzüge eingewoben waren. Deshalb, und aus keinem anderen Grund, begann ich ihn Pierre zu nennen, obwohl ich sicher bin, daß er kein Franzose ist.«

»Wie kam es, daß Sie den Kasten versetzten?« erkundigte sich Holmes.

»Das ergab sich fast von selbst. Wie ich Ihnen schon sagte, hatte Pierre kaum etwas bei sich, und das Geld, über das das Armenhaus verfügt, ist gezählt. Wir waren nicht in der Lage, Pierre etwas Anständiges zum Anziehen zu kaufen. Deshalb kam mir das Operationsbesteck in den Sinn. Es hatte zweifellos einigen Wert, und Pierre konnte ohnehin nichts mehr damit anfangen. Ich erläuterte ihm, was ich vorhatte, und zu meinem Erstaunen bekundete er heftig seine Zustimmung.« An dieser Stelle hielt sie inne und lachte. »Die Schwierigkeit bestand darin, daß er den Erlös nicht annehmen, sondern der Stiftung des Armenhauses überlassen wollte.«

»Das heißt, er kann nach wie vor Gefühle empfinden. Zumindest Dankbarkeit.«

»Und ob er das kann!« bestätigte Sally Young herzlich. »Und nun, Sir, gestatten Sie mir vielleicht, daß ich selbst eine Frage stelle. Warum interessiert Sie das Operationsbesteck?«

»Eine unbekannte Person hat es mir zugeschickt.«

Sie bekam große Augen. »Jemand hat es also ausgelöst!«

»So ist es. Haben Sie eine Ahnung, um wen es sich bei dieser Person gehandelt haben könnte?«

»Nicht die geringste.« Sie dachte einen Augenblick lang nach und sagte dann: »Es muß ja nicht unbedingt eine Verbindung bestehen. Ich meine, jemand könnte zufällig auf das Kästchen gestoßen sein und es erworben haben, weil es billig war.«

»Ein Instrument fehlte, als der Kasten bei mir ankam.«

»Das ist seltsam! Was wohl daraus geworden ist?«

»Das Besteck war vollständig, als Sie es versetzten?«

»Allerdings.«

»Ich danke Ihnen, Miss Young.«

In jenem Augenblick öffnete sich die Tür vor uns, und ein Mann trat ein. Es wäre vielleicht übertrieben zu sagen, daß ich niemanden weniger erwartet hätte als Lord Carfax, aber er war auch nicht gerade der erste, der mir in den Sinn gekommen wäre.

»Euer Lordschaft!« rief Holmes aus. »So kreuzen sich unsere Pfade von neuem.«

Lord Carfax war ebenso überrascht wie ich. Er schien sogar völlig aus der Fassung zu sein. Sally Young brach schließlich das Schweigen. »Sie haben die beiden Herren bereits kennengelernt, Euer Lordschaft?«

»Erst gestern hatten wir das Vergnügen«, sagte Holmes. »Auf dem Wohnsitz des Herzogs von Shires.«

Lord Carfax fand seine Stimme wieder. »Mr. Holmes spricht vom Landhaus meines Vaters.« Dann wandte er sich wieder Holmes zu und sagte: »Daß Sie mich hier finden, ist weniger schwer zu erklären als Ihre eigene Anwesenheit, meine Herren. Ich verbringe einen Gutteil meiner Zeit hier.«

»Lord Carfax ist unser guter Engel«, ließ Sally Young sich verzückt vernehmen. »Er opfert so viel von seiner Zeit und seinem Geld für uns, daß das Armenhaus ebensogut ihm wie uns gehört. Ohne ihn könnte es kaum bestehen.«

Lord Carfax errötete. »Da übertreiben Sie, meine Liebe.«

Sie legte ihm liebevoll die Hand auf den Arm, und ihre Augen leuchteten. Dann verschwand das Strahlen; ihre ganze Haltung änderte sich. »Lord Carfax. Es hat ein neues Opfer gegeben. Haben Sie davon gehört?«

Er nickte düster. »Ich frage mich, ob es jemals ein Ende finden wird! Mr. Holmes, haben Sie vielleicht Ihre Kenntnisse in den Dienst der Jagd auf den Ripper gestellt?«

»Wir werden sehen, was sich ergibt«, war Holmes' knappe Antwort. »Wir haben Ihre Zeit schon viel zu lange in Anspruch genommen, Miss Young. Ich nehme an, wir werden uns wiedersehen.«

Mit diesen Worten und einer Verbeugung verabschiedeten wir uns und schritten durch die stille Leichenhalle hinaus, die nun menschenleer war bis auf die Toten.

Die Nacht war hereingebrochen, und die Straßenlaternen Whitechapels warfen ihre Lichtflecken auf die verlassenen Straßen, wo sie die Schatten noch verstärkten, statt sie zu vertreiben.

Ich schlug meinen Mantelkragen hoch. »Ich muß schon sagen, Holmes, jetzt könnte ich ein hübsches Feuer und eine Tasse heißen Tee –«

»Vorsicht, Watson!« rief Holmes, der ungleich schneller reagierte als ich, und im nächsten Augenblick kämpften wir bereits um unser Leben. Drei Schläger waren aus dem Dunkel eines Hofes hervorgesprungen und hatten sich auf uns gestürzt.

Ich sah ein Messer aufblitzen, während einer rief: »Ihr zwei nehmt den Langen da!« Für mich blieb also der dritte Schläger, und ich hatte, bewaffnet wie er war, genug mit ihm zu tun. Ich wurde so heftig angegriffen, daß an der Absicht kein Zweifel bestehen konnte. Ich wirbelte herum, um mich seinem Angriff zu stellen, und ich war keine Sekunde zu früh. Doch mein Stock glitt mir aus den Fingern, und ich hätte ohne Zweifel die Klinge des Unholds zwischen die Rippen bekommen, wäre er nicht selbst ausgerutscht vor lauter Eifer, mich zu fassen. Er stürzte nach vorn, stieß ins Leere, und instinktiv streckte ich mein Knie vor. Der Schmerz in meinem Oberschenkel war höchst willkommen, zeigte er doch, daß meine Kniescheibe das Gesicht des Angreifers getroffen hatte. Er brüllte vor Schmerz und taumelte zurück, und das Blut schoß ihm aus der Nase.

Holmes hatte seinen Stock ebenso wie seine Geistesgegenwart behalten. Aus den Augenwinkeln konnte ich seinen ersten Verteidigungszug verfolgen. Er benutzte seinen Stock als Schwert und versetzte dem ersten, der ihm nahekam, einen Stich in den Unterleib. Die Eisenspitze drang tief ein, und mit einem Schmerzensschrei ging der Mann zu Boden und preßte die Hände an den Bauch.

Mehr konnte ich nicht sehen, denn mein Angreifer war wieder auf den Beinen und stürzte sich von neuem auf mich. Die Klinge war bereits auf meinen Hals gerichtet, doch ich bekam sein Handgelenk zu fassen und konnte den Stoß abwehren. Damit begann ein verzweifelter Ringkampf zwischen uns beiden. Ein Knäuel aus Gliedmaßen, stürzten wir auf das Pflaster. Er war ein schwerer, kräftiger Mann, und obwohl ich mich mit all meiner Kraft gegen seinen Arm stemmte, kam die Klinge meinem Hals immer näher.

Ich war schon im Begriff, meine Seele ihrem Schöpfer zu empfehlen, als die Augen meines präsumptiven Mörders glasig wurden, denn Holmes hatte ihm einen Stockhieb auf den Schädel versetzt. Unter Mühen befreite ich mich von der Last, die auf mir ruhte, und rappelte mich auf. Im gleichen Augenblick schrie einer der Gegner Holmes' vor Schmerz und Wut auf. Der andere brüllte: »Los, weg hier, Butch! Die sind 'ne Nummer zu groß!« Mit diesen Worten halfen sie meinem Angreifer auf die Beine, und das Trio machte sich davon in die Dunkelheit und verschwand.

Holmes kniete neben mir. »Watson! Alles in Ordnung? Hat er Sie mit dem Messer getroffen?«

»Nicht einmal ein Kratzer, Holmes«, versicherte ich.

»Ich hätte es mir niemals verzeihen können, wenn Ihnen etwas zugestoßen wäre.«

»Und Sie, alter Junge, haben Sie etwas abbekommen?«

»Nur ein lädiertes Schienbein.« Während er mir auf die Füße half, fügte Holmes grimmig hinzu: »Ich bin ein Dummkopf. Ich habe überhaupt nicht mit einem solchen Anschlag gerechnet. Dieser Fall nimmt rasch neue Dimensionen an.«

»Aber deswegen brauchen Sie sich doch keine Vorwürfe zu machen. Wie um alles in der Welt hätten Sie das ahnen sollen?«

»Es ist mein Beruf, so etwas zu ahnen.«

»Immerhin waren Sie auf der Hut genug, sie in die Flucht zu schlagen, obwohl sie alle Vorteile auf ihrer Seite hatten.«

Aber Holmes ließ sich nicht trösten. »Ich bin zu langsam, Watson«, sagte er, »zu langsam. Aber nun kommen Sie, wir wollen einen Hansom suchen und Sie nach Hause zu Ihrem Feuer und Ihrem heißen Tee bringen.«

Eine Droschke tauchte auf und nahm uns mit. Als wir über das Pflaster Richtung Baker Street ratterten, sagte Holmes: »Ich wüßte ja gerne, wer sie geschickt hat.«

»Offenbar jemand, der uns lieber tot sähe«, entgegnete ich.

»Aber unser Gegenspieler, wer immer er ist, hatte seine Boten anscheinend schlecht ausgewählt. Er hätte besonnenere Männer anheuern sollen. Die Begeisterung, mit der sie zu Werke gingen, minderte ihre Schlagkraft.«

»Ein Glück für uns, Holmes.«

»Eines haben sie auf alle Fälle erreicht. Wenn ich bisher noch gewisse Zweifel gehabt hätte, so haben sie mich nun unwiderruflich mit diesem Fall verbunden.« Holmes sagte das mit ausgesprochen grimmiger Stimme, und den Rest der Heimfahrt sprach er kein weiteres Wort mehr. Erst als wir vor dem Feuer saßen und Mrs. Hudsons Tee in unseren Tassen dampfte, wandte er sich wieder an mich.

»Nachdem ich Sie gestern verlassen hatte, Watson, verschaffte ich mir Klarheit in einigen nebensächlicheren Punkten. Wußten Sie, daß es in der National Gallery ein Aktbild – ein recht gutes Bild übrigens – von einem Kenneth Osbourne gibt?«

»Habe ich recht gehört – Kenneth Osbourne?« rief ich aus.

»Der Herzog von Shires.«

Ellery hat eine Idee

Er hatte die ganze Nacht hindurch getippt, und in der Morgendämmerung saß er mit roten Augen, stoppligem Kinn und leerem Magen da.

Ellery ging in die Küche, öffnete den Kühlschrank und förderte eine Flasche Milch und die drei Sandwiches zutage, die vom Nachmittag zuvor noch übrig waren. Er schlang sie hinunter, leerte die Flasche bis auf den letzten Tropfen, wischte sich den Mund ab, gähnte, streckte sich und begab sich ans Telefon.

»Morgen, Dad. Wer hat gewonnen?«

»Wer hat was gewonnen?« fragte Inspektor Queen griesgrämig von den Bermudas aus.

»Das Hufeisenwerfen.«

»Ach so, das. Die haben mir 'n paar verbogene Eisen untergejubelt. Wie ist das Wetter bei euch in New York? Ekelhaft, hoffe ich.«

»Das Wetter?« Ellery warf einen Blick aufs Fenster, doch die Jalousie war geschlossen. »Ehrlich gesagt, Dad, ich weiß es nicht. Ich habe die ganze Nacht durchgearbeitet.«

»Und mich schickst du hierher, damit ich mich ausruhe! Sohn, warum kommst du nicht selbst her?«

»Das kann ich nicht. Ich muß dieses Buch fertigkriegen, und außerdem ist da noch etwas. Gestern nachmittag war Grant Ames hier. Er hat meine ganze Bar leergetrunken und ein Päckchen dagelassen.«

»Aha?« regte sich das Interesse des Inspektors. »Was für ein Päckchen?«

Ellery sagte ihm, worum es ging.

Der alte Herr schnaufte. »So ein Quatsch. Da macht sich jemand einen Scherz mit dir. Hast du's gelesen?«

»Ein paar Kapitel. Ich muß sagen, es ist ziemlich gut gemacht. Faszinierend, könnte man sagen. Aber dann kam aus heiterem Himmel die zündende Idee, und ich saß wieder an der Schreibmaschine. Und was hast du heute vor, Dad?«

»Ich hole mir an dem verdammten Strand einen Sonnenstich. Ellery, ich langweile mich so, daß ich schon anfange, Nägel zu kauen. Darf ich nicht doch nach Hause kommen, Sohn?«

»Nichts da«, entgegnete Ellery. »Du holst dir deinen Sonnenstich. Weißt du was? Wie wär's, wenn du zur Abwechslung einen unveröffentlichten Sherlock Holmes lesen würdest?«

Inspektor Queens Stimme klang plötzlich listig. »Hör mal, das ist eine gute Idee. Ich rufe am Flughafen an und buche einen freigebliebenen Sitz – ich kann im Handumdrehen in New York sein –«

»Kommt nicht in die Tüte. Ich werde dir das Manuskript schicken.«

»Zum Teufel mit deinem Manuskript!« brüllte sein Vater.

»Bis dann, Daddy«, verabschiedete Ellery sich. »Vergiß nicht, deine Sonnenbrille aufzusetzen, wenn du an den Strand gehst. Und daß du mir immer schön deinen Teller leer ißt.«

In aller Eile legte er auf, keine Sekunde zu früh.

Mit zusammengekniffenen Augen blickte er auf die Uhr. Er sah sie durch denselben roten Schleier wie die Schreibmaschine.

Er ging ins Badezimmer, duschte sich und kehrte im Schlafanzug zurück. Das erste, was er im Arbeitszimmer tat, war, den Telefonstecker aus der Wand zu ziehen. Als zweites griff er nach Dr. Watsons Tagebuch.

Das wird mir beim Einschlafen helfen, war seine listige Begründung sich selbst gegenüber.

Fünftes Kapitel: Der Diogenes-Club

Als ich am folgenden Morgen erwachte, war Holmes bereits auf den Beinen und ging im Zimmer auf und ab. Auf das unerfreuliche Abenteuer des Vorabends ging er mit keinem Wort mehr ein und sagte statt dessen: »Watson, dürfte ich Sie wohl bitten, einige Aufzeichnungen für mich zu verfassen?«

»Aber mit Vergnügen.«

»Ich muß um Entschuldigung bitten, daß ich Sie zum Sekretär degradiere, aber ich habe einen besonderen Grund für diesen Wunsch; die Einzelheiten dieses Falles sollen in möglichst zusammenhängender Form niedergeschrieben werden.«

»Einen besonderen Grund?«

»Allerdings. Sofern Sie nichts anderes vorhaben, werden wir heute nachmittag meinen Bruder Mycroft in seinem Club besuchen. Eine Beratung mit ihm könnte sich als nützlich erweisen. Wie Sie wissen, sind Mycrofts analytische Fähigkeiten den meinen in gewisser Hinsicht überlegen.«

»Ich weiß, daß Sie große Stücke auf ihn halten.«

»Natürlich ist er das, was man ein Schreibtischtalent nennen könnte, denn nichts ist ihm unangenehmer, als unterwegs zu sein. Wenn jemals ein Stuhl erfunden würde, der jemanden vom Büro nach Hause und zurück brächte, so wäre Mycroft der erste, der ihn kaufte.«

»Ich kann mich erinnern, daß er ein Mann ist, der stets nach einem bestimmten Muster vorgeht.«

»Was zur Folge hat, daß er alle Rätsel, auch die des menschlichen Lebens, auf die Dimensionen eines Schachbrettes reduziert. Für meinen Geschmack eine bei weitem zu begrenzte Methode; aber für die Analyse im größeren Zusammenhang ist sein Verfahren oft recht anregend.«

Holmes rieb sich die Hände. »Und nun wollen wir eine Liste unserer Akteure aufstellen. Der erste, wenn auch nicht unbedingt der wichtigste, ist der Herzog von Shires...«

Eine Stunde lang faßte Holmes alles zusammen, und ich machte mir Notizen. Dann durchmaß er mit langen Schritten unsere Wohnung, während ich die Notizen in eine Art Ordnung brachte. Als ich damit fertig war, übergab ich Holmes das folgende Resümee. Darin fanden sich auch Informationen, zu denen ich bisher keinen Zugang gehabt hatte, Fakten, die Holmes im Laufe der Nacht zusammengetragen hatte:

Der Herzog von Shires (Kenneth Osbourne)
Hält gegenwärtig Titel und Ländereien, die seit 1420 im Besitz der Familie sind. Zwanzigster Herzog in direkter Linie. Führt ein ruhiges Leben, teils auf seinen Gütern, teils in dem Stadthaus am Berkeley Square, wo er seinem Beruf als Kunstmaler nachgeht. Zwei Söhne von einer Gattin, die vor zehn Jahren verstarb. Keine zweite Ehe.

Lord Carfax (Richard Osbourne)
Älterer Sohn von Kenneth. Nächster Erbe des Herzogstitels. Vater einer Tochter, Deborah. Tragischer Tod der Ehefrau bei der Niederkunft. Das Kind wird auf den Ländereien in Devonshire von einer Gouvernante betreut. Große Zuneigung zwischen Vater und Tochter. Lord Carfax zeigt ausgeprägte Tendenz zum Humanitä-

ren. Spendet großzügig Geld und Zeit für das Londoner Armenhaus in der Montague Street, eine Zufluchtsstätte für die Mittellosen.

Michael Osbourne
Zweiter Sohn von Kenneth. Bereitet seinem Vater Schande und Kummer. Nach Zeugenaussagen war Michael seiner rangniederen Stellung wegen – als jüngerer Sohn, der nicht erbberechtigt war – verbittert und ergab sich einem lasterhaften Leben. Darüber hinaus heißt es, er habe eine Straßendirne geheiratet, in der schändlichen Absicht, den Titel, den er nicht erlangen konnte, zu beflecken, und, wie es scheint, aus keinem anderen Grunde. Diese tadelnswerte Ehe soll er zu der Zeit eingegangen sein, als er in Paris Medizin studierte. Kurz darauf wurde er von der Sorbonne verwiesen. Sein weiteres Schicksal und sein gegenwärtiger Aufenthaltsort sind unbekannt.

Joseph Beck
Ein Pfandleiher, dessen Laden in der Great Heapton Street liegt. Bedeutung nach dem augenblicklichen Wissensstand zweifelhaft.

Dr. Murray
Ein aufopferungsvoller Mediziner, der die Aufsicht über die Leichenhalle in der Montague Street führt und sein Leben ganz dem angrenzenden Armenhaus widmet, das er selbst gegründet hat.

Sally Young
Die Nichte von Dr. Murray. Opfert all ihre Zeit für das Armenhaus. Eine hingebungsvolle Kranken- und Armenpflegerin; sie war es, die das Operationsbesteck

in Becks Pfandhaus versetzte. Auf Befragen gab sie bereitwillig Auskunft und schien nichts zu verschweigen.

Pierre
Ein offenbar harmloser Schwachsinniger, der im Armenhaus aufgenommen wurde und dort einfache Arbeiten verrichtet. Das Operationsbesteck fand sich in seinem Besitz und wurde von Miss Young zu seinen Gunsten versetzt. Vorher scheint er sich in Frankreich aufgehalten zu haben.

Die Frau mit dem Narbengesicht
Eine Unbekannte.

Holmes überflog das Resümee mit gerunzelter Stirn und sah unzufrieden aus. »Wenn wir schon nichts anderes daraus ersehen können«, sagte er, »dann doch zumindest, wie wenig wir bisher erreicht haben und wieviel noch zu tun bleibt. Von den Opfern ist dabei nicht einmal die Rede – ein Grund mehr, sich zu beeilen. Wir wissen von fünf brutalen Morden, und es steht außer Frage, daß in jeder Minute, die wir zögern, ein weiterer hinzukommen kann. Wenn Sie sich also ankleiden wollen, Watson – wir werden einen Hansom rufen und uns auf den Weg zum Diogenes-Club machen.«

Holmes war tief in seine Gedanken versunken, während wir über das Pflaster ratterten, aber ich brachte den Mut auf, ihn zu stören; mir war plötzlich etwas eingefallen.

»Holmes«, sagte ich, »auf der Rückfahrt vom Landsitz des Herzogs von Shires erwähnten Sie, Lord Carfax habe zwei Fehler begangen. Einen der beiden habe ich, glaube ich, entdeckt.«

»Tatsächlich?«

»Mir ist aufgefallen, daß er Sie nicht fragte, wie Sie zu dem Operationsbesteck gekommen seien. Da liegt doch der Schluß nahe, daß er es bereits wußte.«

»Ausgezeichnet, Watson.«

»In Anbetracht dieses Versäumnisses dürfen wir wohl annehmen, daß er selbst es Ihnen zukommen ließ?«

»Wir können jedenfalls mit einigem Recht vermuten, daß er weiß, wer der Absender war.«

»Das heißt auch, Lord Carfax liefert uns vielleicht den Schlüssel zur Identität der Frau mit dem Narbengesicht.«

»Gut möglich, Watson. Einen Schlüssel zu finden heißt allerdings noch nicht, eine Tür damit zu öffnen.«

»Das zweite Versehen Seiner Lordschaft ist mir, wie ich gestehen muß, entgangen.«

»Sie werden sich erinnern, daß ich in Gegenwart von Lord Carfax das Kästchen fallen ließ, so daß die Instrumente auf den Fußboden fielen, und daß er so höflich war, sie für uns aufzuheben.«

»Und?«

»Was Ihnen vielleicht entgangen ist, ist die Routine, mit der er sie in das Kästchen zurücksteckte – jedes in das zugehörige Fach, ohne auch nur einen Augenblick lang zu zögern.«

»Aber natürlich!«

»Und nun, wo es Ihnen wieder einfällt, was sagt Ihnen diese Beobachtung über Seine Lordschaft?«

»Daß er mit den Werkzeugen des Chirurgen bestens vertraut ist, obwohl er behauptet, über keinerlei medizinische Kenntnisse oder Erfahrungen zu verfügen.«

»Genau. Diese Erkenntnis müssen wir im Gedächtnis behalten und zur rechten Zeit Gebrauch davon machen. Doch nun sind wir am Ziel unserer Fahrt, und Mycroft erwartet uns.«

Der Diogenes-Club! Ich erinnerte mich noch gut an ihn, obwohl ich seine verschwiegenen Gemächer bisher nur ein einziges Mal betreten hatte. Damals hatte Mycroft die mysteriöse Angelegenheit des griechischen Dolmetschers auf die Schultern seines tatkräftigeren Bruders geladen, ein Fall, den festzuhalten ich zur Freude der nicht unerheblichen Zahl der Bewunderer Holmes' das Vergnügen und die Ehre hatte.

Der Diogenes-Club wurde von Männern gegründet, die die Einsamkeit inmitten der geschäftigen Großstadt suchen, und er ist ganz auf deren Bedürfnisse eingerichtet. Er bietet eine luxuriöse Umgebung, Ohrensessel, ausgezeichnetes Essen und auch sonst alles, was dem körperlichen Wohlbehagen dient. Alle Regeln drehen sich um das Hauptanliegen des Clubs, und sie werden strikt eingehalten – es sind Regeln, die jegliche Geselligkeit unterbinden, ja verbieten. Gespräche sind außer im Besucherzimmer – in das wir nun lautlos geführt wurden – untersagt; es ist den Mitgliedern sogar verboten, überhaupt andere Mitglieder zur Kenntnis zu nehmen. Eine zweifellos apokryphe Geschichte besagt, eines der Mitglieder sei in seinem Sessel einem Herzinfarkt erlegen, und sein Hinscheiden sei erst bemerkt worden, als einem anderen Clubmitglied auffiel, daß die *Times,* die der Mann aufgeschlagen hatte, bereits drei Tage alt war.

Mycroft Holmes erwartete uns im Besucherzimmer; er hatte sich, wie ich später erfuhr, von seiner Arbeit freigenommen, einem Regierungsposten in Whitehall, gleich um die Ecke. Es war, darf ich wohl hinzufügen, ein unerhörter Bruch mit seinen unerschütterlichen Gewohnheiten.

Und doch schien keiner der beiden Brüder, die sich nun begrüßten, es allzu eilig zu haben, zur Sache zu kommen. Mycroft hatte nur wenig Ähnlichkeit mit seinem jüngeren Bruder; er war ein großer, gemütlicher Mann mit dichtem grauen Haar und groben Gesichtszügen. Er streckte seinem Bruder die Hand entgegen und rief: »Sherlock! Du siehst prächtig aus. Es tut dir wohl gut, kreuz und quer durch England und über den Kontinent zu reisen.« Und indem er nun mir die massige Hand gab, fuhr Mycroft fort: »Dr. Watson. Wie ich hörte, waren Sie vor Sherlocks Klauen in die Ehe geflüchtet. Sherlock hat sich doch nicht von neuem Ihrer bemächtigt?«

»Ich bin sehr glücklich verheiratet«, versicherte ich ihm. »Meine Frau besucht zur Zeit eine Tante.«

»Und prompt gehen Sie Sherlock in die Falle!«

Mycroft lächelte herzlich. Für einen ungeselligen Mann hatte er ein bemerkenswertes Talent dafür, jemandem ein Gefühl des Wohlbefindens zu vermitteln. Er hatte uns an der Türe begrüßt, und nun ging er zum Erkerfenster hinüber, von dem aus man einen Blick auf eine der geschäftigsten Straßen von ganz London hat. Auch wir gingen hinüber, und die beiden Brüder standen dort beieinander und beobachteten das geschäftige Treiben.

»Sherlock«, sagte Mycroft, »seit deinem letzten Besuch bin ich nicht mehr in diesem Zimmer gewesen; aber die Gesichter dort draußen bleiben immer die gleichen. Dem Eindruck dieser Straße nach zu urteilen, hätte es erst gestern sein können.«

»Und doch«, murmelte Sherlock, »hat sie sich verändert. Alte Bosheiten sind begraben, neue sind geboren worden.«

Mycroft deutete hinaus. »Die beiden dort am Rinnstein. Gehören die zu einer düsteren Verschwörung?«

»Der Lampenanzünder und der Buchhalter?«

»Genau die beiden.«

»Kaum. Der Lampenanzünder tröstet den Buchhalter, der vor kurzem seine Stellung verloren hat.«

»Da stimme ich dir zu. Der Buchhalter wird zweifellos eine neue Stelle finden, aber er wird sie ebensoschnell wieder verlieren und wiederum auf der Straße stehen.«

Ich konnte nicht anders, ich mußte sie unterbrechen. »Aber, aber«, sagte ich und brachte dann meine üblichen Einwände vor. »Das geht zu weit!«

»Watson, Watson«, schalt Mycroft, »für so kurzsichtig hätte ich Sie nicht gehalten, nach so vielen Jahren in Sherlocks Gesellschaft. Selbst aus dieser Entfernung werden Sie doch sicher die Tintenflecke, schwarze und rote, an den Fingern des einen Mannes bemerkt haben? Und das ist doch ein deutliches Indiz dafür, daß jemand die Arbeit eines Buchhalters ausübt, nicht wahr?«

»Beachten Sie auch den Tintenfleck auf seinem Kragen«, fiel der jüngere Holmes ein, »dort, wo er mit der Feder an den Stoff gekommen ist, und den zerknitterten Zustand des ursprünglich recht ansehnlichen Anzugs.«

»Und da ist es doch nicht schwer, mein lieber Watson«, ließ sich nun Mycroft wieder vernehmen, und zwar mit einer Freundlichkeit, die mich irritierte, »zu schließen, daß der Mann auch bei seiner Arbeit unordentlich ist, und sich einen ärgerlichen Arbeitgeber dazuzudenken?«

»Nicht nur einen ärgerlichen Arbeitgeber, sondern einen, der nichts durchgehen läßt«, sagte Sherlock. »Das erkennen Sie an der Zeitung in der Jackettasche des Buchhalters, die bei den Stellenanzeigen aufgeschlagen ist. Er ist also ohne Arbeit.«

»Aber wie können Sie voraussagen, daß er eine Stelle findet«, wandte ich mich gereizt an Mycroft. »Wenn der Kerl nichts taugt, warum sollte ein neuer Arbeitgeber ihn dann nehmen?«

»Die meisten würden es wohl auch nicht tun, aber eine große Zahl von Anzeigen in der Zeitung ist angestrichen, offenbar, weil er dort vorsprechen will. Wer mit solcher Tatkraft an die Arbeitssuche geht, muß am Ende erfolgreich sein.«

Ich machte eine wegwerfende Handbewegung. »Ich gebe mich geschlagen, wie immer! Aber daß der zweite Mann ein Lampenanzünder sein soll – das ist doch wohl die reine Spekulation?«

»Ein etwas akademischerer Fall«, räumte mein Freund Sherlock Holmes ein. »Aber beachten Sie, wie die Innenseite seines rechten Ärmels abgewetzt ist, und zwar von oberhalb des Aufschlags an aufwärts.«

»Ein untrügliches Kennzeichen eines Lampenanzünders«, bestätigte Mycroft.

»Indem er seinen Stab ausstreckt, um mit der Kerze an den Gasbrenner zu reichen«, erläuterte Sherlock, »fährt er immer wieder mit dem unteren Ende des Stabes an dieser Stelle seines Ärmels entlang. Wirklich elementar, Watson.«

Bevor ich weitere Einwände machen konnte, schlug Holmes' Stimmung plötzlich um, und er wandte sich mit gerunzelter Stirn vom Fenster ab. »Ich wünschte, das Rätsel, mit dem wir es zu tun haben, wäre genauso leicht gelöst. Deshalb sind wir hier, Mycroft.«

»Dann heraus damit«, entgegnete der Bruder lächelnd. »Ich habe nicht den ganzen Nachmittag Zeit.«

Zwanzig Minuten später saßen wir schweigend da, in unsere Ohrensessel im Besucherzimmer versunken. Mycroft brach dieses Schweigen. »Du hast mir ein klares Bild vom Stand der Dinge gegeben, Sherlock. Aber ein solches Rätsel kannst du doch ohne meine Hilfe lösen.«

»Das will ich meinen; aber die Zeit drängt. Vor allem müssen wir weitere Untaten verhindern. Und zwei

Köpfe sind besser als einer – du könntest zu Erkenntnissen kommen, durch die ich einen wertvollen Tag oder zwei gewinnen könnte.«

»Dann wollen wir noch einmal genau festhalten, was du erreicht hast. Oder besser gesagt, was du noch nicht erreicht hast. Deine Informationen sind alles andere als vollständig.«

»Das gebe ich zu.«

»Aber irgendeiner Sache bist du auf die Spur gekommen – daß der Mordanschlag auf dich und Watson so prompt erfolgte, zeigt das deutlich genug. Oder hältst du das für einen Zufall?«

»Keineswegs.«

»Ich auch nicht.« Mycroft zupfte sich am Ohr. »Natürlich braucht man kein großer Denker zu sein, um den wahren Namen des geheimnisvollen Pierre herauszufinden.«

»Allerdings nicht«, pflichtete Holmes ihm bei. »Er ist Michael, der zweite Sohn des Herzogs von Shires.«

»Der Vater hat vielleicht nie von der schweren Verletzung seines Sohnes erfahren. Lord Carfax hingegen weiß mit Sicherheit, daß Michael in diesem Armenhaus lebt, denn es ist unmöglich, daß er seinen jüngeren Bruder nicht erkannt hat.«

»Es ist mir nicht entgangen«, sagte Holmes, »daß Lord Carfax nicht ganz aufrichtig zu uns war.«

»Ein interessanter Mann. Philanthropie ist ein guter Deckmantel für jede Art von Schandtaten. Lord Carfax könnte gut selbst dafür gesorgt haben, daß Michael zu Dr. Murray in Pflege kam.«

»Ebenso für seine Verletzungen«, fügte Holmes düster hinzu.

»Möglich. Doch du mußt die fehlenden Mosaiksteine finden, Sherlock.«

»Aber die Zeit, Mycroft, die Zeit! Das ist das Problem. Ich muß in diesem Gewirr den Faden entdecken, der weiterführt, und an den muß ich mich halten, und zwar schnell.«

»Ich denke, du mußt einen Weg finden, Carfax unter Druck zu setzen.«

Ich unterbrach sie. »Darf ich eine Frage stellen?«

»Aber natürlich, Watson. Es war nicht unsere Absicht, Sie auszuschließen.«

»Ich mag Ihnen dabei keine große Hilfe sein – aber Jack the Ripper zu finden ist doch zweifellos unsere wichtigste Aufgabe. Deshalb frage ich: Glauben Sie, wir sind dem Mörder begegnet? Ist der Ripper einer unter denen, die wir bei unseren Erkundigungen kennengelernt haben?«

Sherlock Holmes lächelte. »Haben Sie jemanden, dem Sie diese zweifelhafte Ehre zusprechen möchten, Watson?«

»Wenn ich gezwungen wäre, jemanden zu benennen, so fiele mein Verdacht auf den Schwachsinnigen. Aber ich muß zugeben, ich habe bereits einmal versagt, als ich ihn nicht als Michael Osbourne erkannte.«

»Weshalb verdächtigen Sie ihn?«

»Ich habe keine konkreten Gründe, fürchte ich. Aber ich kann das Bild nicht vergessen, das sich mir bot, als wir die Leichenhalle in der Montague Street verließen. Sie werden sich erinnern, daß Dr. Murray ›Pierre‹ anwies, den Leichnam der Unglücklichen zu bedecken. Ein solcher Eindruck hat natürlich keine Beweiskraft, aber die Art, wie er das machte, ließ mir die Haare zu Berge stehen. Er schien entzückt von der verstümmelten Leiche zu sein. Seine Hände fuhren zärtlich über den erkalteten Körper, als er das Leichentuch ausbreitete. Er schien fast verliebt in das Schlachtopfer zu sein.«

Eine Pause trat ein, in der die beiden Brüder über meinen Einwurf nachdachten. Dann sagte Mycroft ernst: »Ein Beitrag von außerordentlichem Gewicht, Watson. Es ist allerdings, wie Sie wissen, schwierig, Handlungen zu deuten, die von einem kranken Hirn gesteuert werden. Ihre instinktive Abneigung mag jedoch mehr wert sein als all unsere Logik.«

»Zweifellos eine Beobachtung, die bedacht sein will«, fügte Sherlock hinzu.

Mir kam es allerdings vor, als messe keiner von beiden meinem Beitrag große Bedeutung bei; sie waren lediglich höflich.

Umständlich erhob sich Mycroft aus seinem Sessel. »Du mußt mehr Indizien finden, Sherlock.«

Sein Bruder ballte die Fäuste.

Der Gedanke ging mir durch den Kopf, daß ich während dieses gesamten Besuches bei Mycroft alles andere als den sicheren, selbstbewußten Holmes zu Gesicht bekommen hatte, den ich zu kennen glaubte. Ich war noch mit diesem seltsamen Umstand beschäftigt, als Mycroft mit ruhiger Stimme sagte: »Ich glaube, ich kenne den Grund für deine Schwierigkeiten, Sherlock. Deine eigenen Gefühle spielen in diesen Fall hinein, und das gilt es zu vermeiden.«

»Ich weiß nicht, worauf du hinauswillst«, sagte Holmes in recht kühlem Ton.

»Fünf der abscheulichsten Morde unseres Jahrhunderts, und weitere stehen vielleicht noch bevor. Einige davon hättest du womöglich verhindern können, wenn du den Fall früher übernommen hättest. Dieser Gedanke nagt an dir. Schuldgefühl ist eine Säure, die auch den schärfsten Intellekt zerfrißt.«

Darauf hatte Holmes nichts zu entgegnen. Ungeduldig schüttelte er den Kopf und sagte: »Kommen Sie,

Watson, die Jagd ist eröffnet. Wir sind einer gefährlichen Bestie auf der Spur.«

»Die dazu noch verschlagen ist«, sagte Mycroft, und in seiner Stimme schwang eine deutliche Warnung mit. Dann fügte er noch hinzu: »Sherlock, du suchst eine Frau mit einem Narbengesicht. Außerdem fehlt dir noch eine der Schlüsselfiguren, die verrufene Gattin Michael Osbournes. Welchen Schluß legt das nahe?«

Holmes warf seinem Bruder einen wütenden Blick zu. »Du mußt wirklich glauben, ich sei mit meiner Kunst am Ende, Mycroft! Das legt natürlich den Schluß nahe, daß es sich um ein- und dieselbe Frau handelt.«

Und mit diesem Schluß verließen wir den Diogenes-Club.

Ellerys Nemesis verfolgt eine Spur

Der Klingelknopf zum Apartment bestand aus einer geschnitzten Rosenknospe, die in Elfenbeinblätter gefaßt war. Grant Ames drückte ihn beherzt, woraufhin ein Mädchen im giftgrünen Hausanzug erschien.

»Hallo, Madge. Ich war zufällig in der Gegend – und hier bin ich.«

Sie strahlte. Dieses schmale, aristokratische Männergesicht hatte in ihren Augen viel von einem riesigen Dollarzeichen. »Und da dachtest du, du kommst mal vorbei?« Wie sie das sagte, hätte man denken können, soeben sei Einstein die Erleuchtung zu seiner Theorie gekommen, und sie riß die Tür mit einer solchen Wucht auf, daß sie gegen die Wand donnerte.

Umsichtig arbeitete Grant sich weiter vor. »Hübsches kleines Nest hast du hier.«

»Das ist einfach nur ein vernünftiges Apartment fürn berufstätiges Mädchen. Ich habe die ganze East Side durchgekämmt, wirklich durchgekämmt. Und schließlich habe ich das hier gefunden. Entsetzlich teuer, aber natürlich käme man nie auf die Idee, woanders als auf der Upper East zu wohnen.«

»Ich wußte gar nicht, daß du eine Karrierefrau bist.«

»Aber ja. Ich bin Beraterin. Du magst doch Scotch, oder?«

Von einem Spürhund konnte man, fand Grant, erwarten, daß er eine Sache in allen Einzelheiten recherchierte. »Und wen berätst du so?« erkundigte er sich munter.

»Die Public-Relations-Leute in der Fabrik.«

»In der Fabrik deines Vaters natürlich.«

»Natürlich.«

Madge Short war eine Tochter des Hauses Shorts Schicke Schuhe, doch sie hatte drei Brüder und zwei Schwestern, mit denen sie die Beute teilen mußte, wenn es so weit war. Keß schüttelte sie die rote Mähne, als sie ihm den Scotch-mit-Soda überreichte.

»Und die Fabrik liegt –?«

»In Iowa.«

»Fährst du da jeden Tag hin?«

»Unsinn! Wir haben ein Büro an der Park Avenue.«

»Das überrascht mich aber, meine Liebe. Ich hatte mir dich in einer ganz anderen Rolle vorgestellt.«

»Als Braut?« Zwei prächtige junge Brüste hoben das giftgrüne Tuch, als sollten sie zum Dankopfer dargeboten werden.

»Himmel, nein«, beeilte Grant sich zu sagen. »Ich stelle mir dich irgendwo im literarischen Bereich vor.«

»Du machst Witze!«

Grant hatte das Zimmer bereits in Augenschein genommen. Es war kein einziges Buch zu sehen – nicht einmal eine Zeitschrift–, doch er wußte, daß er sich davon nicht zu voreiligen Schlüssen hinreißen lassen durfte.

»Ich stelle mir vor, daß du eine Menge liest, Schätzchen. Daß du ’ne richtige kleine Leseratte bist, sozusagen.«

»Heutzutage? Wo soll man denn für so was noch die Zeit hernehmen.«

»Ach, irgendwo läßt sich das immer noch dazwischenquetschen.«

»Manchmal lese ich ja auch. *Sex und das unverheiratete* –«

»Ich bin da mehr für Detektivgeschichten. Pater Brown. Bischof Cushing.« Gespannt wartete er, wie sie darauf reagieren würde. Genausogut hätte er auf die Reaktion eines rosa Schweinchens warten können.

»Die mag ich auch.«

»Und dazu«, fuhr Grant gerissen fort, »ab und zu ein Philosoph – Burton, Sherlock Holmes.«

»Einer von den Männern, die auf der Party waren, der ist ein Experte für Zen.« Allmählich kamen Zweifel auf. Grant beeilte sich, seine Taktik zu ändern.

»Der blaue Bikini, den du anhattest. Der war ganz schön gewagt.«

»Das freut mich, daß dir der gefallen hat, mein Lieber. Noch einen Scotch?«

»Nein danke«, sagte Grant und erhob sich. »Es eilt die Zeit im Sauseschritt, und – tja, so ist das.« Mit der war nichts anzufangen.

Er ließ sich auf den Sitz seines Jaguars fallen.

Wie stellten diese Kerle das an? Holmes? Oder auch nur Queen?

Währenddessen drückte etwas auf Ellerys Nase, und er bekam keine Luft mehr. Er erwachte und stellte fest, daß es das Tagebuch war, über dem er eingeschlafen war. Er gähnte, warf es zu Boden und richtete sich benommen auf, die Ellbogen auf die Knie gestützt. Das Tagebuch lag nun zwischen seinen Füßen; also beugte er sich, den Kopf in die Hände gestützt, nach unten.

Und vertiefte sich kopfunter von neuem in die Lektüre.

Sechstes Kapitel: Auf der Jagd nach dem Ripper

Am folgenden Morgen, das muß ich gestehen, ärgerte ich mich sehr über Holmes.

Als ich erwachte, war er bereits angekleidet und bei der Arbeit. Ich erkannte gleich an seinen geröteten Augen, daß er wenig geschlafen hatte; ich vermutete sogar, er war die ganze Nacht über nicht im Bett gewesen. Aber ich fragte ihn nicht.

Glücklicherweise hatte er nicht einen seiner verschwiegenen Momente, in denen er bestenfalls einige wenige kryptische Laute zu äußern pflegte, sondern war eher gesprächig.

»Watson«, sagte er unvermittelt, »in Whitechapel gibt es ein berüchtigtes Gasthaus.«

»Davon gibt es dort viele.«

»Sehr richtig; aber dasjenige, an das ich denke, das ›Angel and Crown‹, zieht selbst jene rohen Vergnügungen noch in den Schmutz, denen man in diesem Viertel zu frönen pflegt. Es liegt inmitten der düsteren Gegend, in der der Ripper sein Unwesen treibt, und drei der ermordeten Dirnen wurden kurz vor ihrem Tode in diesem Lokal gesehen. Ich werde das ›Angel and Crown‹ sorgfältig im Auge behalten. Ich habe vor, mich heute abend dort ein wenig dem Trunke zu ergeben.«

»Großartig, Holmes! Solange ich nichts anderes tun muß, als mein Bier –«

»Sie bleiben hier, mein lieber Watson. Mir graust es noch immer, wenn ich daran denke, wie nahe Sie durch meine Schuld bereits dem Tode waren.«

»Aber hören Sie, Holmes –«

»Meine Entscheidung steht fest«, sagte er hart. »Ich möchte nicht Ihrer lieben Frau, wenn sie zurückkehrt, mitteilen müssen, daß sie ihren Mann im Leichenschauhaus finden kann.«

»Mir schien, als hätte ich mich gut geschlagen«, entgegnete ich empört.

»Das haben Sie mit Sicherheit. Ohne Sie läge ich selbst vielleicht inzwischen auf einer Pritsche in Dr. Murrays Etablissement. Aber das gibt mir nicht das Recht, Ihr Leben ein zweites Mal aufs Spiel zu setzen. Ich werde den ganzen Tag über zu tun haben; vielleicht können Sie, während ich unterwegs bin, einmal in Ihrer Praxis nach dem rechten sehen.«

»Danke, meiner Praxis geht es ausgezeichnet; ich habe alle notwendigen Absprachen mit einem sehr kompetenten Stellvertreter getroffen.«

»Darf ich Ihnen dann vielleicht ein Konzert oder ein gutes Buch empfehlen?«

»Ich bin sehr wohl in der Lage, mir meine Zeit sinnvoll zu vertreiben«, entgegnete ich kühl.

»Da haben Sie recht, Watson«, sagte er. »Nun, ich muß mich auf den Weg machen! Ich weiß nicht, wann ich wieder hier sein werde. Aber ich verspreche Ihnen einen genauen Bericht, wenn ich zurück bin.«

Mit diesen Worten eilte er davon, und in mir brodelte es mit der Teekanne um die Wette, die Mrs. Hudson eben gebracht hatte.

Erst allmählich formte sich in meinen Gedanken der Plan, mich Holmes' Anweisungen zu widersetzen; doch noch bevor ich mit dem Frühstück fertig war, hatte er deutlich Gestalt angenommen. Den Tag verbrachte ich mit der Lektüre einer seltsamen Abhandlung, die ich in Holmes' Bücherschrank gefunden hatte, ein Buch über die Rolle, die Bienen in Mordkomplotten spielen konnten, entweder, indem man sie vergifteten Honig produzieren ließ, oder, indem man einen ganzen Schwarm dazu brachte, das Opfer anzugreifen. Das Werk war anonym veröffentlicht, doch der präzise Stil verriet mir Holmes' Autorschaft. Als die Abenddämmerung hereinbrach, machte ich mich auf den Weg zu meinem nächtlichen Ausflug.

Ich hatte vor, mich in der Rolle eines Lüstlings aus der besseren Gesellschaft in das ›Angel and Crown‹ zu begeben, und ich war sicher, daß ich nicht weiter auffallen würde, denn viele unter den hartgesotteneren Londoner Nachtschwärmern besuchten regelmäßig Lokale dieser Art. Ich eilte also nach Hause und warf mich in meine Abendgarderobe. Zylinder und Umhang gaben meiner Ausrüstung den letzten Schliff, und ich machte, wie ein Blick in den Spiegel mir bestätigte, einen weitaus eleganteren Eindruck, als ich zu hoffen gewagt hatte. Ich steckte einen geladenen Revolver in die Tasche, ging hinaus auf die Straße, winkte einen Hansom herbei und nannte mein Ziel, das ›Angel and Crown‹.

Holmes war noch nicht eingetroffen.

Es war ein entsetzlicher Ort. Die Dämpfe der vielen Öllampen erfüllten die langgestreckte, niedrige Schankstube, daß einem die Augen tränten. Tabakschwaden hingen in der Luft wie Rauchzeichen. Und nie zuvor war mir eine so vielfältige Mischung menschlicher Wesen zu Gesicht gekommen wie diejenige, die sich hier um die grob gezimmerten Tische drängte. Finster dreinblikkende Laskaren auf Landgang von den zahllosen Frachtkähnen, die sich auf der Themse drängten; unergründliche Orientalen; Schweden, Afrikaner, schmierige Europäer; ganz zu schweigen natürlich von den Einheimischen in jederlei Gestalt – alle wollten sie ihren Platz an den Fleischtöpfen der größten Stadt der Welt.

Das zweifelhafte Gewürz dieser Fleischtöpfe bestand aus Frauen jeglichen Alters und jeglicher Verfassung. Die meisten befanden sich in einem bedauernswerten Zustand körperlichen Verfalles. Nur wenige waren attraktiv, die jüngeren, die eben erst den Weg in den Abgrund eingeschlagen hatten. Eine von diesen näherte sich mir nun, nachdem ich einen Platz gefunden, ein Glas Stout bestellt und mich daran gemacht hatte, das wüste Treiben genauer zu betrachten. Es war ein hübsches kleines Ding, aber ihr frecher Blick und ihr keckes Benehmen ließen keinen Zweifel an ihren Absichten.

»Hallo, Schätzchen. Spendierst du 'm Mädchen 'n Wermut mit Gin?«

Ich war eben im Begriff, die Ehre abzuweisen, als ein nahebei stehender Kellner, der wie ein Schläger aussah, »Wermut-'n-Gin für die Dame!« brüllte und sich einen Weg zur Bar bahnte. Zweifellos wurde der Mann nach den Alkoholmengen bezahlt, die die Mädchen ihren Opfern entlocken konnten.

Das Mädchen ließ sich auf den Stuhl gegenüber fallen und legte ihre reichlich schmutzige Hand auf die meine. Ich zuckte zurück. Ihre geschminkten Lippen zeigten ein unsicheres Lächeln, doch die Stimme war einschmeichelnd, als sie sagte: »Schüchtern, mein Schatz? Das brauchst du aber doch nich' zu sein.«

»Eigentlich wollte ich nur schnell ein Gläschen trinken«, sagte ich. Inzwischen schien mir dieses Abenteuer nicht mehr ganz so verlockend.

»Aber sicher, mein Lieber. Ihr feinen Pinkel wollt doch immer nur 'n Gläschen trinken, wenn ihr herkommt. Und rein zufällig merkt ihr dann, was ’s hier sonst noch zu haben gibt.«

Der Kellner kehrte zurück und brachte den tropfenden Gin-und-Tonic. Er hantierte eine Weile mit den Münzen, die ich auf den Tisch gelegt hatte, und ich war sicher, daß er sich mehrere Pence zuviel nahm; ich verzichtete jedoch darauf, ihn zur Rede zu stellen.

»Ich heiß’ Polly, Schätzchen. Und wie heißt du?«

»Hawkins«, sagte ich geistesgegenwärtig. »Sam Hawkins.«

»Hawkins, so, so«, sagte sie und lachte. »Na, das is’ ma’ was anderes als wie Smythe. ’s komm’ ei’m die Tränen, wenn ma’ sieht, wie viele Leute ’s gibt, die Smythe heißen.«

Eine Entgegnung darauf, sofern mir überhaupt eine eingefallen wäre, wurde mir durch den Radau erspart, der in einer anderen Ecke des Lokals losbrach. Ein braungebrannter Seemann mit dem Körperbau eines Gorillas brüllte vor Wut und stieß einen der Tische um, so eilig hatte er es, einen anderen Gast zu fassen zu bekommen, einen schmächtigen Chinesen, der ihn offenbar beleidigt hatte. Einen Augenblick lang sah es aus, als werde der Asiate nicht mit dem Leben davonkommen, so sehr schien der Seemann außer sich zu sein.

Doch dann ging ein anderer Mann dazwischen. Er hatte buschige Augenbrauen, einen Stiernacken und Schultern und Arme wie Baumstämme; die Massigkeit des wütenden Seemannes hatte er allerdings nicht. Dieser Mann, der dem Chinesen so unerwartet zu Hilfe geeilt war, versetzte dem Matrosen einen Hieb in die Magengrube. Es war ein mächtiger Schlag, und der Schmerzensschrei des Seemannes, der nun in sich zusammensank, war in der ganzen Schankstube zu vernehmen. Ein zweites Mal stellte der kleinere Mann sich dem Riesen, und ein zweites Mal schlug er zu, diesmal auf das Kinn des Grobians. Mit einem Ruck fuhr der Kopf des Seemannes zurück, und seine Augen wurden trübe; doch sein Angreifer hielt schon die Schulter bereit und fing ihn auf wie einen Sack Mehl. Der Sieger richtete sich mit seiner Last auf und bahnte sich in aller Ruhe einen Weg zur Tür; er trug den bewußtlosen Seemann, als sei er nicht schwerer als ein Kind. Er öffnete die Tür und warf den Mann hinaus auf die Straße.

»Das is' Max Klein«, ließ sich meine Tischdame voller Ehrfurcht vernehmen. »Der is' stark wie 'n Ochse. Max hat den Laden hier gerade erst gekauft. Seit vier Monaten ungefähr hat er 'n, und der paßt auf, daß hier keiner totgeschlagen wird, nich' bei ihm im Lokal.«

Es war in der Tat eine eindrucksvolle Vorstellung gewesen. Doch in diesem Augenblick erregte etwas anderes meine Aufmerksamkeit. Klein hatte die Tür, durch die er den Seemann geworfen hatte, kaum geschlossen, als ein neuer Gast eintrat, und zwar einer, der mir bekannt vorkam. Ich spähte durch den Dunst, um sicherzugehen, daß ich mich nicht getäuscht hatte. Aber es bestand kein Zweifel. Joseph Beck, der Pfandleiher, nahm eben an einem der Tische Platz. Ich nahm mir vor, diesen Umstand Holmes später mitzuteilen, und dann wandte ich mich wieder Polly zu.

»Ich hab 'n hübsches Zimmer, Schätzchen«, sagte sie verführerisch.

»Ich fürchte, da habe ich kein Interesse, Madam«, sagte ich so freundlich, wie ich nur konnte.

»Ich und Madam!« rief sie empört aus. »So alt bin ich noch nich', mein Herr, das könn' Sie mir glauben. Ich bin jung, und sauber bin ich auch. Bei mir ham Sie nichts zu befürchten.«

»Es gibt aber jemanden, den du fürchten solltest, Polly«, sagte ich und blickte sie eindringlich an.

»Ich? Ich tu doch keiner Menschenseele was.«

»Ich meine den Ripper.«

Ihre Stimme bekam nun etwas Klagendes. »Du willst mir bloß angst machen! Aber ich hab' keine Angst.« Sie nahm einen großen Schluck aus ihrem Glas, und ihr Blick schoß hierhin und dorthin. Dann hielt er auf einem Punkt über meiner Schulter inne, und nun fiel mir auf, daß Polly, seit sie bei mir war, fast dauernd in diese Richtung geblickt hatte. Ich schaute mich um und erblickte die abscheulichste Gestalt, die man sich überhaupt nur vorstellen kann.

Der Mann war unglaublich schmutzig, und sein Gesicht war von einer Narbe entstellt, die wahrscheinlich von einer Messerstecherei herrührte. Dadurch bekam sein Mund etwas unablässig Grinsendes, und durch weitere Narben rund um sein linkes Auge wurde die entsetzliche Wirkung noch verstärkt. Nie zuvor hatte ich ein so boshaftes menschliches Gesicht gesehen.

»Annie hat er erwischt, der Ripper«, flüsterte Polly. »Der hat das arme Ding ganz schön zugerichtet – un' Annie konnt' keiner Fliege was zuleide tun.«

Ich wandte mich ihr wieder zu. »Dieser Ganove dort? Der mit der Narbe?«

»Wer weiß das schon? Warum macht der das, so furchtbare Sachen?« rief sie dann. »Was hat er 'n davon, wenn er 'm armen Mädchen 'n Messer in'n Bauch sticht un' ihr die Brust abschneidet un' so was?«

Das war er.

Es ist schwer zu erklären, warum ich mir dessen so sicher war. In jüngeren Jahren habe ich mich eine Zeitlang dem Glücksspiel ergeben, wie das bei jungen Männern ja keine Seltenheit ist, und dabei überkommen einen bisweilen Ahnungen, die sich mit dem Verstand nicht erklären lassen. Instinkt, der sechste Sinn, wie immer man es nennen mag – man hat dieses Gefühl, und es ist unmöglich, es zu ignorieren.

Und ein solches Gefühl überkam mich, als ich die Gestalt hinter uns musterte; er starrte das Mädchen an, das bei mir saß, und ich sah, wie ihm der Geifer aus seinem schiefen Maul tropfte.

Aber was sollte ich tun?

»Polly«, fragte ich mit ruhiger Stimme, »hast du diesen Mann schon jemals gesehen?«

»Ich, mein Schatz? Noch nie! Ekelhafter Kerl is' das.« Dann schlug Pollys Stimmung um, wie das für die launischen leichten Mädchen so typisch ist. Ihre von Natur aus unbekümmerte Art kam wieder zum Tragen, verstärkt vielleicht noch durch zuviel Alkohol. Plötzlich erhob sie ihr Glas.

»Trinken wir aufs Glück, mein Lieber. Wenn du mein' lilienweißen Körper nich' willst, dann eben nich'. Aber du bist 'n anständiger Kerl, und ich wünsch' dir alles Gute.«

»Danke.«

»'n Mädchen muß nu' ma' sehen, wie sie zurechtkommt. Ich geh' jetzt. 'n anderes Mal vielleicht?«

»Vielleicht.«

Sie stand auf und ging mit schwingenden Hüften davon. Ich sah ihr nach und erwartete, daß sie sich einem neuen Tisch nähern würde, um dort ihr Glück zu versuchen. Doch das tat sie nicht. Statt dessen ließ sie ihren Blick über den Raum schweifen und eilte dann zur Tür. Sie war wohl zu dem Schluß gekommen, daß an jenem Abend im ›Angel and Crown‹ kein Geschäft zu machen war, und würde es nun auf der Straße versuchen. Ich wollte eben aufatmen, als der abstoßende Kerl hinter mir aufsprang und ihr nachstürzte. In welchen Schrecken mich das versetzte, kann man sich leicht vorstellen. Ich wußte nichts anderes zu tun, als mir Mut zu machen, indem ich nach der Waffe in meiner Tasche fühlte, und dann dem Mann auf die Straße hinaus zu folgen.

Nach der Helligkeit des Gasthauses mußte ich meine Augen der Dunkelheit erst anpassen, und einen Augenblick lang sah ich nichts. Zum Glück war der Mann noch nicht außer Sichtweite, als ich schließlich wieder etwas erkennen konnte. Ich sah, wie er sich am Ende der Straße an die Mauer drückte. Ich hatte nun keinen Zweifel mehr daran, daß ich mich auf ein gefährliches Unternehmen eingelassen hatte. Hier hatte ich den Ripper vor mir, der dem Mädchen nachschlich, das mich auf sein Zimmer hatte locken wollen; und ich war der einzige, der es vor einem grauenhaften Tod bewahren konnte. Ich hielt meinen Revolver umklammert.

Ich folgte ihm auf Zehenspitzen, wie die Indianer der amerikanischen Prärien. Nun bog er um die Ecke, und ich eilte ihm nach, von dem Gedanken, ihn zu verlieren, ebenso entsetzt wie von dem, ihn einzuholen.

Ich erreichte keuchend die Ecke und blickte vorsichtig die Straße hinunter. Nur eine einzige Gaslaterne erleuchtete sie, was mir die Suche noch weiter erschwerte. Ich strengte die Augen an, so gut ich konnte. Doch meine Beute war mir entkommen.

Die Furcht schnürte mir den Hals zu. Vielleicht hatte die Bestie das arme Mädchen schon längst in eine Hauseinfahrt gezerrt, und nun hauchte sie unter seinen Messerstichen ihr junges Leben aus. Wäre ich doch nur so vorausschauend gewesen, eine Laterne mitzunehmen! Ich lief in die Dunkelheit, und nur meine Schritte hallten durch die tiefe Stille, die über der Straße lag.

Auch bei der schlechten Beleuchtung sah ich, daß sich die Straße an ihrem hinteren Ende zu einem Durchlaß verengte. Dort hinein stürmte ich nun, und mein Herz schlug mir bis zum Halse beim Gedanken daran, was ich dort wohl vorfinden mochte.

Plötzlich vernahm ich einen erstickten Schrei. Ich war auf etwas Weiches gestoßen. Eine verschreckte Stimme schluchzte: »Erbarmen! Bitte, habt Erbarmen!«

Es war Polly, die im Dunkeln gegen die Mauer gestoßen worden war. Ich fürchtete, ihre Schreie könnten den Ripper in die Flucht schlagen. Deshalb hielt ich ihr die Hand vor den Mund und flüsterte ihr zu:

»Alles in Ordnung, Polly. Sie brauchen sich nicht zu fürchten. Ich bin es, der Herr, der eben bei Ihnen saß. Ich bin Ihnen nachgegangen –«

In diesem Moment traf mich etwas von hinten mit großer Wucht, und ich taumelte einige Schritte zurück durch den Durchgang. Aber mein Verstand funktionierte noch: Der verschlagene Teufel, dem ich vom ›Angel and Crown‹ aus gefolgt war, hatte mich überlistet. Er hatte sich irgendwo in eine dunkle Ecke gedrückt und mich vorbeilaufen lassen. Außer sich vor Wut bei dem Gedanken, er könne seiner Beute verlustig gehen, stürzte er sich nun auf mich wie ein wildes Tier.

Ich zahlte mit gleicher Münze zurück und leistete erbitterten Widerstand, während ich versuchte, meinen Revolver aus der Tasche zu ziehen. Ich hätte ihn in der Hand haben sollen, aber als ich in Indien in den Diensten Ihrer Majestät stand, war ich Arzt gewesen, kein Soldat, und ich hatte keine Ausbildung im Kampf Mann gegen Mann.

Deshalb war ich auch dem Monstrum, dem ich in die Hände gefallen war, nicht gewachsen. Ich ging unter seinen Hieben zu Boden; zum Glück konnte ich noch sehen, daß das Mädchen die Flucht ergriffen hatte. Ich fühlte, wie die Hände des Unholdes sich mir um den Hals legten, und verzweifelt schlug ich mit dem freien Arm um mich und versuchte noch immer, die Waffe aus der Tasche zu bekommen.

Zu meiner Verblüffung knurrte nun eine wohlbekannte Stimme: »Da wollen wir doch einmal sehen, was für ein Wild wir aufgestöbert haben!« Noch bevor die Blendlaterne aufleuchtete, war mir klar, welche Dummheit ich begangen hatte. Bei der abstoßenden Gestalt, die im Gasthaus hinter mir gesessen hatte, hatte es sich um niemand anderen gehandelt als den verkleideten Holmes!

»Watson!« Er war genauso überrascht wie ich.

»Holmes! Gütiger Himmel, Mann! Ich hätte Sie erschießen können, wäre ich an meinen Revolver gekommen.«

»Das wäre wohl das Rechte gewesen«, knurrte er. »Watson, schreiben Sie mich ab – ich bin ein Dummkopf.« Darauf erhob er sich und ergriff meine Hand, um mir auf die Beine zu helfen. Selbst jetzt, wo ich wußte, daß es sich um meinen alten Freund handelte, konnte ich die Raffinesse seiner Verkleidung nur bewundern, denn er schien ein völlig anderer Mensch zu sein.

Für weitere Selbstbezichtigungen blieb keine Zeit. Noch während Holmes mir auf die Beine half, durchschnitt ein Schrei die Nacht. Im selben Augenblick fuhr seine Hand zurück, und ich stürzte von neuem zu Boden. Er stieß einen Fluch hervor, eines der wenigen lästerlichen Wörter, die ich je aus seinem Munde vernommen habe. »Ich habe mich überlisten lassen!« brüllte er und stürmte davon ins Dunkel.

Während ich mich noch aufrappelte, wurden die Schreckensschreie der Frau immer lauter. Dann brachen sie plötzlich ab, und in die Schritte Holmes' mischten sich diejenigen eines zweiten Läufers.

Bei dieser ganzen Angelegenheit habe ich mich – das muß ich zugeben – nicht gerade mit Ruhm bekleckert. Einst war ich im Boxen Mittelgewichtsmeister meines Regimentes gewesen, aber diese Tage lagen lange zurück, und heute stand ich an die Backsteinmauer gelehnt und kämpfte gegen Schwindel und Übelkeit an. In jenem Augenblick hätte ich nicht zu Hilfe eilen können, hätte unsere geliebte Königin selbst gerufen.

Der Schwindel klang ab, und die Welt kam wieder ins Lot. Ebenso zitternd, wie ich gekommen war, suchte ich nun meinen Weg zurück durch die Stille, die sich unheilschwanger ausgebreitet hatte. Ich war etwa zweihundert Schritt gegangen, als eine ruhige Stimme mich innehalten ließ.

»Hier, Watson.«

Ich wandte mich nach links und entdeckte eine Lücke in der Mauer.

Von neuem vernahm ich Holmes' Stimme: »Ich habe meine Laterne fallenlassen. Würden Sie bitte so freundlich sein und mir bei der Suche helfen, Watson?«

Sein ruhiger Tonfall ging mir durch Mark und Bein, denn er versuchte so lediglich, die Qualen, die er innerlich durchlitt, zu verbergen. Ich kannte Holmes; er war zutiefst erschüttert. Bei der Suche nach der Laterne kam mir das Glück zu Hilfe. Schon beim ersten Schritt stieß ich mit dem Fuß daran. Ich entzündete sie von neuem und prallte vor einem Anblick zurück, wie er mir entsetzlicher selten vor Augen gekommen ist.

Holmes lag auf den Knien, den Rücken gebeugt, den Kopf gesenkt, ein Bild der Verzweiflung.

»Ich habe versagt, Watson. Man sollte mich wegen verbrecherischer Dummheit vor Gericht stellen.«

Ich hörte kaum, was er sagte, so benommen war ich von dem entsetzlichen Anblick, dem ich mich gegenübersah. Jack the Ripper hatte in seinem furchtbaren Wahn von neuem gewütet, und die arme Polly war sein Opfer geworden. Er hatte ihr die Kleider vom Leibe gerissen und ihren Körper halb entblößt. Mit einem großen, groben Schnitt war ihr Unterleib geöffnet worden, und ihre zerstückelten und verstümmelten Eingeweide lagen offen zutage wie die eines geschlachteten Tieres. Ein zweiter brutaler Schnitt hatte ihr die linke Brust beinahe vom Körper getrennt. Das entsetzliche Bild drehte sich vor meinen Augen.

»Aber er hatte so wenig Zeit! Wie kann –?«

Doch Holmes erwachte wieder zum Leben und sprang auf. »Kommen Sie, Watson! Mir nach!«

Er stürzte so unvermittelt aus dem Torweg auf die Straße, daß ich nicht mithalten konnte. Ich mobilisierte die Kraftreserven, die jeder menschliche Körper für Notfälle besitzt, und rannte ihm Hals über Kopf nach. Er hielt seinen Vorsprung über die ganze Strecke, aber ich verlor ihn nicht aus den Augen; als ich ihn schließlich einholte, fand ich ihn, wie er mit den Fäusten gegen die Tür von Joseph Becks Pfandhaus schlug.

»Beck!« brüllte Holmes. »Kommen Sie heraus! Ich verlange, daß Sie auf der Stelle herauskommen!« Immer und immer wieder hämmerten seine Fäuste gegen die Bohlen. »Öffnen Sie diese Tür, oder ich schlage sie ein!«

Über uns erschien ein rechteckiger Lichtfleck. Ein Fenster öffnete sich, und jemand streckte den Kopf hinaus. Joseph Beck rief: »Sind Sie übergeschnappt? Wer ist denn da?«

Im Schein der Lampe in seiner Hand sah ich, daß er eine Nachtmütze mit roter Quaste und ein hochgeschlossenes Nachthemd trug.

Holmes trat einen Schritt zurück und brüllte zu ihm herauf: »Ich bin Sherlock Holmes, Sir, und wenn Sie nicht auf der Stelle herunterkommen, werde ich diese Wand hinaufklettern und Sie an den Haaren hinunterziehen!«

Beck bekam es verständlicherweise mit der Angst zu tun. Holmes trug schließlich noch immer seine Verkleidung, und aus dem Schlaf aufgestört zu werden und eine derart abscheuliche Gestalt vorzufinden, die mitten in der Nacht gegen die Haustüre hämmert – das war mit Sicherheit nicht gerade etwas, worauf das Leben eines Geschäftsmannes den Pfandleiher vorbereitet hatte.

Ich versuchte zu helfen. »Herr Beck, mich erkennen Sie doch wieder, nicht wahr?«

Er starrte mich mit offenem Munde an. »Sind Sie einer von den beiden Herren, die –?«

»Der bin ich, und auch wenn es nicht den Anschein hat, so kann ich Ihnen doch versichern, daß dies der andere ist, Mr. Sherlock Holmes.«

Der Pfandleiher zögerte; doch dann sagte er: »Gut; ich komme nach unten.«

Holmes ging ungeduldig mit langen Schritten auf und ab, bis im Laden Licht gemacht wurde und die Außentüre sich öffnete.

»Kommen Sie hier herüber, Beck!« kommandierte Holmes mit ernster Stimme, und der eingeschüchterte Deutsche gehorchte.

Die Hand meines Freundes schoß mit Macht vor, und der Mann zuckte zurück; doch er war nicht schnell genug. Holmes riß Becks Nachthemd auf, und zum Vorschein kam die blanke Brust, auf der sich vor Kälte Gänsehaut bildete.

»Was machen Sie denn, Sir?« zitterte der Mann. »Ich verstehe nicht, was Sie wollen.«

»Halten Sie den Mund!« fuhr Holmes ihn an, und im Licht von dessen Lampe untersuchte er Becks Brust genauer. »Joseph Beck, wohin sind Sie gegangen, nachdem Sie das ›Angel and Crown‹ verließen?« fragte Holmes und lockerte seinen Griff.

»Wo soll ich schon hingegangen sein? Nach Hause und ins Bett!« Von Holmes' milderem Tonfall bestärkt, wurde nun Beck heftiger.

»Ja«, entgegnete Holmes nachdenklich, »es scheint tatsächlich so. Gehen Sie zurück ins Bett, Sir; und es tut mir leid, daß ich Ihnen Angst eingejagt habe.«

Mit diesen Worten wandte sich Holmes ohne jede weiteren Förmlichkeiten ab, und ich schloß mich ihm an. Als ich an der Straßenecke zurückblickte, sah ich Herrn Beck noch immer vor seinem Laden stehen. Er hatte die Laterne hoch über seinen Kopf erhoben und stand im Nachthemd da wie eine Karikatur jener noblen Statue – der Freiheit, wie sie der Welt leuchtet –, die das französische Volk einst den Vereinigten Staaten schenkte, jener riesigen, hohlen, bronzenen Statue, die heute im Hafen von New York steht.

Wir kehrten zum Ort der Greueltat zurück und entdeckten, daß man die Leiche der armen Polly inzwischen gefunden hatte. Die große Schar der Sensationslüsternen verstopfte den Zugang zur Straße, und das dahinterliegende Dunkel war von den Laternen der Ordnungshüter erleuchtet.

Holmes, die Hände tief in den Taschen vergraben, warf einen grimmigen Blick auf diese Szene. »Es hat keinen Sinn, daß wir uns zu erkennen geben, Watson«, murmelte er. »Das einzige, was wir davon hätten, wäre eine nutzlose Konversation mit Lestrade.«

Es überraschte mich nicht im geringsten, daß Holmes es vorzog, die Rolle, die wir bei den schrecklichen

Ereignissen dieser Nacht gespielt hatten, ungeklärt zu lassen. Nicht nur, weil er nun einmal seine Methoden hatte; in diesem Falle ging es darüber hinaus um seine Selbstachtung, und die hatte einen schweren Schlag versetzt bekommen.

»Wir wollen uns davonschleichen, Watson«, sagte er bitter, »wie die vertrottelten Dummköpfe, zu denen wir geworden sind.«

Siebtes Kapitel: Der Schweineschlächter

Sie haben nicht auf Joseph Beck geachtet, Watson, der just in dem Augenblick in seinen Mantel gehüllt das Gasthaus verließ, in dem das Mädchen Anstalten machte, sein Glück anderswo zu suchen. Sie hatten nur Augen für mich.«

Für mich gab es, zu meinem Leidwesen, gar keinen Zweifel, daß ich – und nicht er – derjenige war, der in diesem Falle versagt hatte, auch wenn Holmes dies nicht einmal in seinem Tonfall anklingen ließ. Ich unternahm einen Versuch, mich zu meiner Schuld zu bekennen, doch er unterbrach meine Entschuldigungen. »Nein, nein«, sagte er, »durch meine Dummheit ist uns die Bestie durch die Lappen gegangen, nicht durch die Ihre.«

Niedergeschlagen fuhr Holmes fort. »Als ich das Gasthaus verließ, verschwand das Mädchen eben an der Straßenecke. Beck war nirgends zu sehen, und ich konnte nur vermuten, daß er entweder in die andere Richtung davongegangen war oder daß er sich in einen der dunklen Hauseingänge gedrückt hatte. Ich ging davon aus, daß letzteres der Fall war. Ich folgte dem Mädchen, das um die Ecke gebogen war, und hörte, wie sich Schritte näherten; und ich sah, daß ein Mann im Mantel uns nachkam. Ich dachte nicht im Traum daran, daß Sie es sein könnten – ich fürchte, in der Silhouette sind Sie Beck gar nicht so unähnlich, Watson –, ich nahm vielmehr an, daß sich da unser Pfandleiher heranschleiche. Nun war es an mir, mich zu verstecken, und Sie gingen an mir vorbei. Dann hörte ich die Schreie und war überzeugt, daß ich den Ripper vor mir hatte. Daraufhin griff ich an und mußte meinen unverzeihlichen Irrtum bemerken.«

Wir hatten den Morgentee in der Baker Street eingenommen, und Holmes ging nun grimmig in der Wohnung auf und ab. Ich verfolgte seine Bewegungen mit traurigen Augen und wünschte mir, es hätte in meiner Macht gestanden, diesen ganzen Vorfall aus dem großen Buch des Lebens zu streichen, nicht nur um der armen Polly, sondern auch um meines Freundes Seelenfrieden willen.

»Und dann«, fuhr Holmes in aller Heftigkeit fort, »schlug der Ripper zu, während wir noch dabei waren, unser Mißverständnis aufzuklären. Was für eine Arroganz dieser Teufel an den Tag legt!« rief er aus. »Die Kaltblütigkeit, das grenzenlose Selbstvertrauen, mit denen er seine Greueltaten verübt! Glauben Sie mir, Watson, ich werde dieses Monstrum zu Fall bringen, und wenn es das letzte ist, was ich in meinem Leben tue!«

»Es scheint«, sagte ich im Bemühen, ihn von seinen bitteren Gedanken abzubringen, »daß wir Joseph Beck zumindest für den Mord der vergangenen Nacht als Täter ausschließen können.«

»Vollkommen. Es ist undenkbar, daß Beck bis nach Hause gekommen war, sich das Blut abgewaschen, sich ausgekleidet und das Nachtzeug angelegt haben kann, bevor wir dort eintrafen.« Holmes griff nach seiner Kirschholzpfeife und den persischen Pantoffeln, ließ sie aber dann angewidert wieder fallen. »Alles, was wir letzte Nacht erreicht haben, Watson«, sagte er, »war, daß wir einen einzigen Verdächtigen aus der Liste der Millionen Londoner streichen konnten. Wenn wir in diesem Tempo weitermachen, werden wir unseren Mann irgendwann im nächsten Jahrhundert zu fassen bekommen!«

Darauf wußte ich nichts zu entgegnen. Doch dann warf Holmes seine schmalen Schultern plötzlich zurück, und sein stählerner Blick traf den meinen. »Aber genug davon, Watson! Wir werden es dem Phoenix gleichtun. Kleiden Sie sich an. Wir statten Dr. Murrays Leichenhalle einen zweiten Besuch ab.«

Noch in derselben Stunde standen wir vor dem Eingang jenes düsteren Etablissements in der Montague Street. Holmes musterte die heruntergekommene Straße in beide Richtungen.

»Watson«, sagte er, »ich wüßte gerne mehr über die Umgebung. Wären Sie wohl so gut, die umliegenden Straßen zu erkunden, während ich mich hineinwage?«

Ich stimmte bereitwillig zu, lag mir doch alles daran, mein Versagen vom vorangegangenen Abend wettzumachen.

»Wenn Sie damit fertig sind, werden Sie mich zweifellos im Armenhaus antreffen.« Mit diesen Worten verschwand Holmes im Eingang der Leichenhalle.

In der näheren Umgebung der Montague Street gab es, wie ich feststellte, keine der üblichen Geschäfte. Eine Reihe von Lagerhäusern mit verschlossenen Toren nahm die gegenüberliegende Seite ein.

Doch als ich an die Straßenecke kam, bot sich mir ein lebhafteres Bild. Ich sah einen Gemüsestand, an dem eine Hausfrau eben mit dem Besitzer um den Preis des Kohls feilschte. Nebenan gab es einen Tabakladen, dann ein kleines, düster wirkendes Gasthaus mit dem verwitterten Bild eines Hansoms über der Tür.

Bald zog ein Zufahrtsweg auf der mir zugewandten Seite der Straße meine Aufmerksamkeit auf sich. Ein schreckliches Quieken war von dort zu hören. Es klang, als werde ein ganzes Bataillon Schweine zur Schlachtbank geführt. Und genau darum handelte es sich, wie ich herausfand, tatsächlich. Ich trat durch einen alten gemauerten Torbogen ein und gelangte in einen Innenhof, der sich als Schlachthof erwies. Vier magere, noch lebende Schweine warteten in einem Verschlag in der einen Ecke; ein fünftes wurde eben vom Metzger, einem grobschlächtigen Jungen in blutverschmierter Lederschürze, zu einem Haken gezerrt, der von oben herabhing. Gleichgültig hievte er das Tier hoch und befestigte die Hinterbeine am Haken. Ein rostiger Flaschenzug knarrte, als er das Seil anzog. Mit wenigen Handgriffen band er einen Knoten, während das Schwein quiekte und strampelte, als ahne es sein Schicksal.

Angewidert sah ich mit an, wie der Metzgerbursche ein langes Messer nahm und es ohne zu zaudern dem Schwein in die Kehle stieß. Das Gequieke erstarb mit einem Gurgeln, und der Junge trat zurück, um dem Strom dunklen Blutes zu entgehen. Dann trat er, ohne weiter darauf zu achten, in die Blutlache, schlitzte dem Tier den Hals auf, und dann fuhr das Messer nach unten und öffnete den Leib von oben bis unten.

Es war jedoch nicht diese Arbeit des Metzgers, die mich den Blick abwenden ließ. Etwas, was mir noch weit entsetzlicher schien, hatte meine Aufmerksamkeit erregt – der Anblick des Schwachsinnigen, jener Gestalt, in der Sherlock Holmes und sein Bruder Mycroft Michael Osbourne erkannt hatten. Er saß in einer Ecke des Schlachthofes zusammengekauert und hatte für nichts Augen als für die Handgriffe des Schlachters. Diese Arbeit schien ihn zu faszinieren. Er betrachtete den blutüberströmten Leib des Tieres mit einer Verzückung, die ich nur widerlich nennen kann.

Nachdem die Vorarbeiten nun erledigt waren, trat der Metzgerjunge einen Schritt zurück und bedachte mich mit einem Lächeln.

»Auf der Suche nach 'm hübschen Stück Schweinefleisch, Meister?«

»Nein danke! Ich kam nur zufällig vorbei –«

»Und ham das Quieken gehört. Da sin' Sie wohl nich' von hier, Meister, sonst könnt' Ihn' das gar nix ausmachen. Die Leute hier sin' das verfluchte Gequieke gewöhnt.« Er wandte sich fröhlich nach Michael Osbourne um. »Stimmt's, Dummkopf?«

Der Schwachsinnige lächelte und nickte.

»Der Schwachkopf hier is' der einzige, der bei mir bleibt. Ohne den wär's ganz schön einsam.«

»Ihr Arbeitsplatz macht nicht gerade einen sauberen Eindruck«, wandte ich pikiert ein.

Der Junge unterdrückte ein Lachen. »Sauber! Meister, die Leute hier ham ganz was anderes, was ihn' 'n Magen umdreht, als wie 'n bißchen Dreck an ihr'm Fleisch – un' die ham recht damit.« Er zwinkerte mir zu. »Die Mädels ganz besonders. Die sin' eher damit beschäftigt, daß ihre eigene Haut in ei'm Stück bleibt, vor allem nachts.«

»Ich nehme an, Sie sprechen vom Ripper?«

»Allerdings, Meister, allerdings. Der hält in letzter Zeit die Nutten ganz schön auf Trab.«

»Kannten Sie das Mädchen, das letzte Nacht ermordet wurde?«

»Die hab' ich gekannt. Hab' ihr neulich erst 'n Zweier und 'n Sechser für 'ne schnelle Nummer gegeben. Die arme kleine Nutte hatt' kein Geld für die Miete, und ich bin 'n großzügiger Mann, und ich find' das schrecklich, wenn 'n Mädchen nachts auf die verdammte Straße raus muß, im Nebel, nur weil's kein Geld fürn Bett hat.«

Irgend etwas ließ mich diese geschmacklose Konversation weiterführen. »Haben Sie eine Ahnung, um wen es sich bei dem Ripper handeln könnte?«

»Meine Güte, Meister. Könnt' ja Euer Lordschaft höchstpersönlich sein, nich' wahr? Der is' doch mit Sicherheit 'n feiner Pinkel, oder mein' Sie nich'?«

»Warum sind Sie da so sicher?«

»Na sa'n wir ma' so. Ich in mei'm Beruf hab' mit Blut zu tun, ich steh' da auf gutem Fuß mit, könnt' ma' sa'n, un' deshalb komm' mir dann so Gedanken.«

»Worauf wollen Sie hinaus?«

»Meister, so wie der Ripper die aufschneid't, da muß er sich einfach bei beschmier'n. Aber 's hat nie einer gesehen, daß ir'nd jemand Blutverschmiertes von so'm Mord weggelaufen is', oder?«

»Nicht daß ich wüßte«, entgegnete ich einigermaßen verblüfft.

»Un' warum nich', Meister? Weil 'n feiner Pinkel, der 'n Umhang über sein' Klamotten anhat, die blut'jen Indiez-jen zudecken könnt' sozusa'n! Mein' Sie nich' auch? Na, ich muß mich jetz' ma' wieder um das Schwein hier kümmern.«

Ich beeilte mich, diesen stinkenden und bluttriefenden Ort zu verlassen. Doch das eine Bild behielt ich vor Augen: Michael Osbourne in seiner Ecke, wie er sich mit glänzenden Augen am Schlachten ergötzte. Holmes mochte sagen, was er wollte – dieses mißgestaltete menschliche Wrack blieb mein Hauptverdächtiger.

Ich umrundete den Block und trat dann durch das Tor in der Montague Street in die Leichenhalle ein, um von dort in das benachbarte Gebäude zu gelangen. In der Halle war ich allein mit den Toten. Ich durchschritt den langgestreckten Raum und hielt an dem erhöhten Tisch inne, der für unfreiwillige Gäste reserviert war. Eine weiß verhüllte Gestalt lag dort. Einen Augenblick lang zögerte ich, dann bewog mich das Mitleid, das Tuch über dem Gesicht zurückzuschlagen.

In Pollys marmornen Zügen spiegelte sich nun, da ihre Leiden ausgestanden waren, eine Bereitschaft, sich mit allem abzufinden, was sie jenseits der Bahre erwartet haben mochte. Ich halte mich nicht für einen sentimentalen Menschen, doch ich bin überzeugt, daß der Tod Würde hat, wie immer er auch sein Opfer ereilen mag. Ebensowenig bin ich allzu religiös. Und doch flüsterte ich rasch ein Gebet, daß die Seele dieses unglücklichen Kindes errettet werden möge. Dann setzte ich meinen Weg fort.

Ich fand Holmes im Speisesaal des Armenhauses zusammen mit Lord Carfax und Miss Sally Young. Letztere begrüßte mich mit einem Lächeln. »Darf ich Ihnen eine Tasse Tee bringen, Dr. Watson?«

Ich lehnte dankend ab, und Holmes sagte, kurz angebunden: »Sie kommen gerade recht, Watson. Lord Carfax ist im Begriff, uns eine Information anzuvertrauen.« Seine Lordschaft schien ein wenig unwillig. »Sie können vor meinem Kollegen ohne jede Hemmung sprechen, Euer Lordschaft.«

»Nun gut. Wie ich Ihnen gerade mitteilen wollte, Mr. Holmes, verließ Michael vor etwa zwei Jahren London, um nach Paris zu gehen. Es war zu erwarten, daß er in dieser ausschweifendsten aller Städte ein ausschweifendes Leben führen würde, doch ich bemühte mich, trotzdem mit ihm in Kontakt zu bleiben; und ich war ebenso überrascht wie erfreut, als ich erfuhr, daß er sich an der Sorbonne eingeschrieben hatte, um Medizin zu studieren. Wir blieben in brieflichem Kontakt, und ich begann, seine Zukunft rosig zu sehen. Es schien, als wolle er ganz von vorn anfangen.« Seine Lordschaft schlug die Augen nieder, und eine große Traurigkeit überschattete seine sensiblen Züge. »Aber dann kam die Katastrophe. Ich war sprachlos, als ich erfuhr, daß Michael eine Straßendirne geheiratet hatte.«

»Haben Sie sie kennengelernt, Mylord?«

»Aber nein, Mr. Holmes! Eine Begegnung von Angesicht zu Angesicht, das gebe ich zu, wäre mehr gewesen, als ich hätte verkraften können. Ich muß allerdings hinzufügen, ich wäre einem Treffen mit dieser Frau nicht ausgewichen, wenn es dazu gekommen wäre.«

»Woher wissen Sie dann, daß es sich um eine Prostituierte handelte? Das dürfte Ihr Bruder kaum erwähnt haben, als er Sie von seiner Heirat informierte.«

»Mein Bruder hat mir nichts davon mitgeteilt. Ich bekam diese Nachricht durch den Brief eines seiner Kommilitonen, jemand, den ich sonst nicht weiter kenne, der aber, diesem Brief nach zu urteilen, ein aufrichtiges Interesse am Wohlergehen Michaels hatte. Dieser Herr teilte mir auch mit, welchem Beruf Angela Osbourne nachging, und er empfahl mir dringend, sofort nach Paris zu reisen, sofern mir etwas an der Zukunft meines Bruders liege, und seine Angelegenheiten in Ordnung zu bringen, bevor es endgültig zu spät dazu sei.«

»Sie haben Ihrem Vater von diesem Schreiben berichtet?«

»Das hätte ich unter keinen Umständen getan!« entgegnete Lord Carfax scharf. »Unglücklicherweise hat der Mann, der mir geschrieben hatte, auch dafür gesorgt. Er hatte zwei Briefe abgeschickt – für den Fall, daß einer von beiden unbeachtet bleiben sollte, nehme ich an.«

»Was sagte Ihr Vater dazu?«

»Da brauchen Sie kaum zu fragen, Mr. Holmes.«

»Der Herzog hielt es nicht für besser, sein Urteil erst zu fällen, wenn ihm Beweise vorlagen?«

»Nein. Dazu war die Aufrichtigkeit des Briefes zu offensichtlich; ich hatte selbst keinerlei Zweifel. Und für meinen Vater entsprach es genau dem, was er immer von Michael erwartet hatte.« Lord Carfax hielt inne; Schmerz zeichnete sich auf seinem Gesicht ab. »Ich werde so schnell nicht vergessen, wie er ihn verstieß. Ich hatte bereits befürchtet, daß Vater ebenfalls einen solchen Brief bekommen hatte, und eilte zu seinem Londoner Haus. Ich fand ihn mit seiner Malerei beschäftigt; das Modell bedeckte seine Blöße mit einem Mantel, als ich das Atelier betrat, und mein Vater legte den Pinsel beiseite und musterte mich in aller Ruhe. Er sagte: ›Richard, was führt dich um diese Tageszeit zu mir?‹

Der Umschlag mit französischer Briefmarke, den ich sah, verriet mir alles, und ich deutete darauf. ›Dies, Euer Gnaden. Ich nehme an, ein Brief aus Paris?‹

›Ganz recht.‹ Er nahm den Umschlag, holte jedoch den Brief nicht hervor. ›Nicht korrekt, dieser Umschlag. Man hätte einen Trauerrand erwarten können.‹

›Das verstehe ich nicht‹, antwortete ich.

Ohne jedes Anzeichen einer Gefühlsregung legte er den Umschlag zurück. ›Gehört es sich nicht, daß man eine Todesnachricht in einem Umschlag mit Trauerrand schickt? Was mich angeht, Richard, so setzt mich dieser Brief von Michaels Ableben in Kenntnis. In meinem Herzen ist die Totenmesse schon gelesen, und der Leichnam ist unter der Erde.‹

Diese furchtbaren Worte trafen mich wie ein Schlag. Doch da ich wußte, daß jeder Einwand vergebens sein würde, verließ ich ihn.«

»Sie unternahmen keinen Versuch, Kontakt zu Michael aufzunehmen?« fragte Holmes.

»Nein, Sir. Für mich stand fest, daß er nicht mehr zu retten war. Etwa zwei Monate später erhielt ich allerdings in einem anonymen Brief den Hinweis, daß ich etwas Interessantes finden würde, wenn ich dieses Armenhaus aufsuchte. Ich kam her, und ich brauche Ihnen nicht zu sagen, was ich hier fand.«

»Haben Sie diesen Brief aufbewahrt, Euer Lordschaft?«

»Nein.«

»Ein Jammer.«

Lord Carfax rang offenbar mit der Zurückhaltung, die ihn sonst kennzeichnete. Dann platzte er schließlich heraus: »Mr. Holmes, Sie können sich gar nicht vorstellen, wie entsetzt ich war, als ich Michael hier vorfand, in dem Zustand, in dem er heute ist, das Opfer eines brutalen Anschlags, der ihn zu dem machte, was Sie gesehen haben – eine mißgestaltete Kreatur, der kaum noch ein Funken Verstand geblieben ist.«

»Was haben Sie dann getan, wenn ich fragen darf?«

Lord Carfax zuckte die Schultern. »Das Armenhaus schien als Aufenthalt für ihn nicht schlechter als jeder andere Ort.«

Miss Sally Young saß schweigend und verwundert dabei, und ihr Blick wandte sich keine Sekunde von Seiner Lordschaft Gesicht ab. Lord Carfax blieb das nicht verborgen. Mit einem traurigen Lächeln sagte er: »Ich bin sicher, Sie werden mir verzeihen, meine Liebe, daß ich Sie diese Dinge nicht schon früher habe wissen lassen. Aber es schien mir unnötig – ja, nicht einmal ratsam. Ich wünschte mir, daß Michael hier bleiben konnte, und es lag mir, muß ich gestehen, nichts daran, Ihnen und Ihrem Onkel seine Identität zu enthüllen.«

»Das verstehe ich«, sagte das Mädchen ruhig. »Es war Ihr gutes Recht, Ihr Geheimnis für sich zu behalten, Mylord, schon deswegen, weil Ihre Unterstützung für das Armenhaus so großzügig gewesen ist.«

Das schien dem adligen Herrn peinlich zu sein. »Ich hätte meinen Beitrag zur Unterhaltung des Armenhauses ohnehin geleistet, meine Liebe. Aber ich will nicht leugnen, daß die Tatsache, daß Michael hier Aufnahme fand, mein Interesse weiter steigerte. Meine Motive waren also ebenso egoistisch wie philanthropisch.«

Holmes hatte Lord Carfax, während er diesen Bericht gab, sorgfältig beobachtet.

»Haben Sie keine weiteren Versuche unternommen, Ihrem Bruder zu helfen?«

»Noch einen«, antwortete Seine Lordschaft. »Ich nahm Kontakt zur Pariser Polizei und auch zu Scotland Yard auf, um herauszufinden, ob es in ihren Akten einen Bericht gab, der sich vielleicht auf den Angriff auf meinen Bruder hätte beziehen können. Aber es fand sich nichts.«

»Und damit war die Sache für Sie erledigt?«

»Ja!« schrie der gequälte Edelmann auf. »Warum denn auch nicht?«

»Die Ganoven hätten vor Gericht gestellt werden können.«

»Wie hätte man das denn anstellen sollen? Michael war hoffnungslos schwachsinnig geworden. Ich glaube kaum, daß er in der Lage gewesen wäre, seine Angreifer wiederzuerkennen. Und selbst wenn, so wäre seine Aussage in einem Gerichtsverfahren wertlos gewesen.«

»Verstehe«, sagte Holmes ernst; doch mir entging nicht, daß er alles andere als zufrieden damit war. »Und seine Frau, Angela Osbourne?«

»Ich habe sie nie gefunden.«

»Hatten Sie nicht den Verdacht, daß der anonyme Brief von ihr stammte?«

»Davon bin ich ausgegangen.«

Holmes erhob sich. »Ich möchte Eurer Lordschaft danken, daß Sie unter diesen schwierigen Umständen so offen zu uns waren.«

Er antwortete mit einem melancholischen Lächeln. »Ich kann Ihnen versichern, Sir, daß ich das nicht aus freiem Willen getan habe. Aber es stand außer Zweifel, daß Sie zu diesen Erkenntnissen sonst über andere Kanäle gelangt wären. Nun wird es Ihnen vielleicht möglich sein, die Angelegenheit ruhen zu lassen.«

»Wohl kaum, fürchte ich.«

Lord Carfax sah uns eindringlich an. »Ich versichere Ihnen bei meiner Ehre, Sir, daß Michael nichts mit den entsetzlichen Morden zu tun hat, die ganz London in Aufruhr versetzen!«

»Es ist mir eine Beruhigung, das zu hören«, entgegnete Holmes, »und ich verspreche Eurer Lordschaft, daß ich mich nach Kräften bemühen werde, Ihnen weiteres Leid zu ersparen.«

Lord Carfax verbeugte sich schweigend.

Und damit verabschiedeten auch wir uns. Doch alles, was ich vor Augen hatte, als wir das Armenhaus verließen, war Michael Osbourne, zusammengekauert in jenem gräßlichen Schlachthof, berauscht vom Anblick des Blutes.

Ellerys Spürhund erstattet Bericht

Erschöpft lag Grant Ames III. auf Ellerys Sofa und balancierte dabei das Glas auf dem Bauch. »Ich trollte als junger Hund davon. Als Wrack kehre ich zurück.«

»Nach nur zwei Recherchen?«

»Eine Party ist etwas anderes – da kann man sich hinter den Pflanzen auf der Terrasse verstecken. Aber allein, gefangen zwischen vier Wänden . . .«

Ellery saß, noch im Schlafanzug, über die Schreibmaschine gebeugt und kratzte sich an dem, was einmal ein majestätischer Bart werden konnte. Er tippte noch vier weitere Wörter und hielt dann inne.

»Deine Mühen trugen also keine Früchte?«

»Die reiche Ernte zweier Gärten, einer davon in Frühlingsgrün, der andere in herbstliches Purpur gekleidet. Doch die Körbe waren mit einem Preisschild versehen.«

»Die Ehe wird noch einmal deine Rettung sein.«

Der Schwerenöter schüttelte sich. »Wenn du dem Laster des Masochismus verfallen bist, alter Freund, dann sollten wir darüber mal sprechen. Aber laß uns damit warten, bis ich wieder zu Kräften gekommen bin.«

»Du bist sicher, daß keine von beiden dir das Tagebuch ins Auto gelegt hat?«

»Madge Short hält Sherlock für eine neue Modefrisur. Und Katherine Lambert – vom Hals abwärts ist Kat eigentlich ganz in Ordnung. Sie malt, mußt du wissen. Hat gerade erst einen Loft im Village renoviert. Sehr energiegeladen. Typus Sprungfeder. Man sitzt da und wartet, daß einem das abgebrochene Ende ins Auge fliegt.«

»Vielleicht haben sie dir etwas vorgespielt«, sagte Ellery ohne Rücksicht auf Grants Gefühle. »Das wäre ja nicht schwer, dich hinters Licht zu führen.«

»Ich habe meiner Pflicht genüge getan«, sagte Grant mit Würde. »Ich habe subtile Fragen gestellt. Tiefsinnig. Bohrend.«

»Wie zum Beispiel?«

»Wie zum Beispiel ›Kat, hast du mir neulich bei Litas Fete ein Manuskript für Ellery Queen ins Auto gelegt?‹«

»Und die Antwort?«

Grant zuckte die Schultern. »Sie antwortete mit einer Gegenfrage – ›Ellery Queen? Wer soll 'n das sein?‹«

»Wann habe ich dich eigentlich zum letzten Mal gebeten zu verschwinden?«

»Laß uns doch freundlich zueinander sein, mein Guter.« Grant nahm einen großen Schluck. »Ich habe ja gar nicht gesagt, daß nichts dabei herausgekommen ist. Ich habe die Hälfte der Verdächtigen von der Liste gestrichen. Ich werde verbissen weiterarbeiten. Hinter der Bronx liegt New Rochelle.«

»Und wer wohnt dort?«

»Rachel Hager. Die Dritte auf meiner Liste. Und dann ist da noch Pagan Kelly, eine Mieze aus Bennington, die man bei jedem Protestmarsch finden kann, wenn's nur blödsinnig genug ist.«

»Zwei Verdächtige«, sagte Ellery. »Aber sei nicht voreilig. Du solltest dich in Ruhe irgendwo hinsetzen und dir überlegen, wie du vorgehen willst.«

»Du meinst, ich soll erst mal gar nichts tun?«

»Ist das nicht das Gebiet, auf dem du zu Höchstleistungen fähig bist? Aber nicht in meiner Wohnung. Ich muß diese Geschichte fertigbekommen.«

»Hast du das Tagebuch zu Ende gelesen?« fragte der Playboy, ohne sich zu rühren.

»Ich bin mit meinem eigenen Kriminalfall beschäftigt.«

»Bist du denn wenigstens so weit, daß du den Mörder entdeckt hast?«

»Bruder«, entgegnete Ellery, »ich habe nicht mal den Mörder in meiner eigenen Geschichte.«

»Dann werde ich dich nun deiner Arbeit überlassen. Oh. Was passiert, wenn wir niemals herausfinden, wer dir das Manuskript geschickt hat?«

»Ich glaube, das würde ich auch noch überleben.«

»Wie kommt es eigentlich, daß man so viel von dir hält?« fragte der junge Mann provozierend und ging.

Ellerys Verstand war träge wie ein eingeschlafener Fuß. Die Tasten der Schreibmaschine schienen tausend Ellen entfernt. Müßige Gedanken kamen ihm in den Sinn. Wie es Dad wohl auf den Bermudas ging? Ob sich sein neuestes Buch gut verkaufte? Er brauchte sich nicht zu fragen, wer ihm das Manuskript auf dem Umweg über Grant Ames III. hatte zukommen lassen. Das wußte er bereits. Und von da aus war es nur noch ein kleiner Sprung zu dem Gedanken, um wen es sich wohl bei Sherlock Holmes' Besucher aus Paris (er hatte vorgeblättert) handeln mochte.

Nach einem kurzen Kampf, den er verlor, ging er ins Schlafzimmer. Er hob Dr. Watsons Tagebuch vom Boden auf, wo er es hatte liegenlassen, streckte sich auf seinem Bett aus und las weiter.

Achtes Kapitel: Ein Besucher aus Paris

Die nächsten Tage waren qualvoll. In all den Jahren, die ich ihn nun kannte, war Holmes nie so unruhig gewesen, und es war schwieriger mit ihm umzugehen als je zuvor.

Nach unserem Gespräch mit Lord Carfax war Holmes zu keinerlei Mitteilung mehr zu bewegen. Meine Versuche, mit ihm zu reden, beachtete er gar nicht. Allmählich wurde mir klar, daß ich mich in diesen Fall mehr eingemischt hatte als in irgendeine andere der Untersuchungen, bei denen ich ihn begleitet hatte. Bedachte man das Durcheinander, das ich angerichtet hatte, so war es nur recht und billig, mich mit Verachtung zu strafen. Also zog ich mich auf meinen altgewohnten Posten als Beobachter zurück und harrte der Dinge, die da kommen sollten.

Sie ließen sich Zeit. Wie der Ripper war auch Holmes zu einem Geschöpf der Nacht geworden. Jeden Abend verließ er die Wohnung in der Baker Street, kehrte im Morgengrauen zurück und verbrachte den Tag mit schweigsamem Brüten. Ich blieb in meinem eigenen Zimmer, denn ich wußte, wie sehr er in solchen Zeiten der Einsamkeit bedurfte. Dann und wann hörte man seine Geige schluchzen. Konnte ich diese Laute nicht mehr ertragen, so ging ich hinaus in das turbulente Treiben der Straßen Londons, das mir dann um so willkommener war.

Am dritten Morgen allerdings entsetzte mich der Zustand, in dem er zurückkehrte.

»Um Gottes willen! Holmes!« rief ich. »Was ist mit Ihnen geschehen?«

Unterhalb seiner rechten Schläfe hatte er einen üblen dunkelroten Bluterguß. Der linke Ärmel seiner Jacke war abgerissen, und aus einer Wunde am Handgelenk hatte er offenbar stark geblutet. Er hinkte, und er war so schmutzig, als gehöre er zu jenen Gassenjungen, die er so oft mit den geheimnisvollsten Aufträgen auszuschikken pflegte.

»Eine Auseinandersetzung in einer finsteren Gasse, Watson.«

»Lassen Sie mich Ihre Wunden verbinden!«

Rasch holte ich meine Instrumententasche aus meinem Zimmer. Mit grimmiger Miene zeigte er mir die blutigen Knöchel seiner rechten Faust. »Ich habe versucht, unseren Gegner aus seinem Versteck zu locken, Watson, und es ist mir gelungen.« Ich drückte ihn in einen Sessel und begann mit der Untersuchung. »Es ist mir gelungen, und doch habe ich versagt.«

»Sie gehen fürchterliche Risiken ein.«

»Die Attentäter, zwei Stück, ließen sich von meinem Köder anlocken.«

»Dieselben, die uns beiden aufgelauert hatten?«

»Genau. Ich hatte vor, einen von beiden niederzustrecken, aber mein Revolver klemmte – dreimal verfluchtes Pech! –, und so sind sie mir entwischt.«

»Bitte entspannen Sie sich, Holmes. Lehnen Sie sich zurück. Schließen Sie die Augen. Vielleicht sollte ich Ihnen ein Beruhigungsmittel geben.«

Er winkte ungeduldig ab. »Diese Kratzer sind doch kaum der Rede wert. Daß ich versagt habe – das quält mich. Zum Greifen nah und doch unerreichbar. Hätte ich einen dieser Ganoven zu fassen bekommen, dann hätte ich auch den Namen ihres Auftraggebers aus ihm herausgebracht – da können Sie sicher sein.«

»Meinen Sie, diese Burschen sind auch für die Morde des Rippers verantwortlich?«

»Um Himmels willen, nein! Das sind anständige, ganz normale Schläger, und wir suchen einen Irrsinnigen.« Holmes rutschte unruhig hin und her. »Der ist von ganz anderer Art, Watson, ein blutrünstiger Tiger, der durch den Dschungel Londons schleicht.«

Da erinnerte ich mich des schrecklichen Namens. »Professor Moriarty?«

»Moriarty hat damit nichts zu tun. Ich habe nachgeprüft, womit er gerade beschäftigt ist und wo er sich aufhält. Er ist an anderer Stelle tätig. Nein, es ist nicht der Professor. Es gibt vier Männer, die als Ripper in Frage kommen, und einer davon ist es – da bin ich mir sicher.«

»Welche vier Männer sind das, von denen Sie da sprechen?«

Holmes zuckte mit den Schultern. »Was spielt das schon für eine Rolle, solange ich ihn nicht zu fassen bekommen kann?«

Langsam machte sich bei ihm die körperliche Anstrengung bemerkbar. Holmes hatte sich im Sessel zurückgelehnt und blickte mit schweren Lidern zur Decke hinauf. Sein Verstand jedoch war noch lange nicht erschöpft.

»Dieser Tiger, von dem Sie sprachen«, sagte ich. »Was hat er davon, wenn er unglückliche Straßenmädchen umbringt?«

»Die Angelegenheit ist weitaus komplizierter, Watson. Es gibt eine ganze Reihe von verwickelten und unentwirrbaren Fäden, die in dieses Labyrinth führen.«

»Dieser abscheuliche Schwachsinnige im Armenhaus«, murmelte ich.

Holmes lächelte, doch ohne auch nur eine Spur von Humor. »Ich fürchte, mein lieber Watson, da haben Sie den falschen Faden in der Hand.«

»Ich kann nicht glauben, daß Michael Osbourne nichts damit zu tun haben soll!«

»Sicher hat er etwas damit zu tun. Aber –«

Er sprach nicht weiter, denn in diesem Augenblick erklang unten die Türglocke. Kurz darauf ließ Mrs. Hudson jemanden hinein. »Ich habe einen Besucher erwartet«, sagte Holmes, »und er ist pünktlich. Sie bleiben bitte, Watson. Und wenn Sie mir vielleicht meine Jacke reichen könnten. Nicht daß er mich für einen Raufbold von der Straße hält, der Ihre ärztlichen Dienste in Anspruch nimmt.«

Er hatte gerade seine Jacke übergeworfen und die Pfeife entzündet, als Mrs. Hudson einen großen, blonden, sympathisch wirkenden Mann in unser Wohnzimmer führte. Ich schätzte ihn auf Mitte dreißig. Er war ohne Zweifel ein wohlerzogener Mann, denn abgesehen von einem einzigen verblüfften Blick tat er, als bemerke er Holmes' abgerissenen Zustand gar nicht.

»Ah«, sagte Holmes, »Mr. Timothy Wentworth, nehme ich an. Seien Sie willkommen, Sir. Nehmen Sie den Sessel beim Feuer. Die Luft ist kühl und feucht heute morgen. Dies ist mein Freund und Kollege, Dr. Watson.«

Mr. Timothy Wentworth verbeugte sich und nahm dann im angebotenen Sessel Platz. »Sie sind ein berühmter Mann, Sir«, sagte er, »und Dr. Watson ebenso. Es ist mir eine Ehre, Sie kennenzulernen. Aber meine Termine in Paris sind dichtgedrängt, und ich habe mich nur freigemacht, weil mir so viel an meinem Freund Michael

Osbourne liegt. Es ist mir stets ein Rätsel geblieben, daß er ohne jede Ankündigung aus Paris verschwand. Wenn ich irgend etwas tun kann, was Michael hilft, dann soll es mir um die Unannehmlichkeiten der Kanalüberfahrt nicht leid sein.«

»Eine bemerkenswerte Treue Ihrem Freund gegenüber«, meinte Holmes. »Vielleicht haben wir gegenseitig Neuigkeiten füreinander, Mr. Wentworth. Wenn Sie bereit sind, uns zu berichten, was Sie über Michaels Zeit in Paris wissen, dann werde ich Ihnen den Rest seiner Geschichte erzählen.«

»Einverstanden. Ich lernte Michael vor etwa zwei Jahren kennen, als wir uns beide an der Sorbonne einschrieben. Ich glaube, ich mochte ihn, weil wir so verschieden waren. Ich selbst bin etwas zurückhaltend; meine Freunde halten mich sogar für schüchtern. Michael hingegen war ein feuriges Temperament, manchmal übermütig, manchmal beinahe gewalttätig, wenn er das Gefühl hatte, es geschähe ihm ein Unrecht. Es gab kein Thema, zu dem er mit seiner Meinung hinter dem Berg hielt; und doch kamen wir gut miteinander aus, denn jeder gestattete dem anderen seine Schwächen. Für mich war es ein Segen, daß ich ihn hatte.«

»Und, da habe ich keine Zweifel, ebenso waren Sie ein Segen für ihn«, sagte Holmes. »Aber nun berichten Sie mir bitte, was Sie von seinem Privatleben wissen.«

»Wir hatten keine Geheimnisse voreinander. Ich erfuhr bald, daß er der Zweitgeborene aus einer britischen Adelsfamilie war.«

»War er verbittert, daß er als zweiter Sohn keinen Titel erbte?«

Mr. Timothy Wentworth legte die Stirn in Falten, als er über diese Frage nachsann. »Ich müßte wohl ja sagen, andererseits aber auch nein. Michael hatte eine Neigung auszubrechen, man könnte sagen, zum ausschweifenden Leben. Seine Herkunft und seine Erziehung gestatteten ihm ein solches Leben nicht, und folglich entwickelten sich Schuldgefühle in ihm. Er brauchte ein Ventil für diese Schuldgefühle, und seine Stellung als Zweitgeborener bot ihm etwas, wogegen er aufbegehren konnte, und das wiederum war die Rechtfertigung für sein Benehmen.« Unser junger Gast geriet ins Stocken. »Ich fürchte, ich erläutere es nicht gerade gut.«

»Im Gegenteil«, versicherte Holmes ihm, »Sie drükken sich mit bewundernswerter Klarheit aus. Und ich darf annehmen, nicht wahr, daß Michael weder gegen seinen Vater noch gegen seinen Bruder irgendeinen Groll hegte?«

»Ich bin sicher, daß er das nicht tat. Aber andererseits kann ich verstehen, warum der Herzog von Shires zur gegenteiligen Auffassung gelangte. Ich stelle mir den Herzog als einen Mann von stolzer, ja sogar überheblicher Gesinnung vor, einen Mann, dem die Ehre seiner Familie über alles geht.«

»Da stellen Sie ihn sich genau richtig vor. Aber erzählen Sie bitte weiter.«

»Tja, und dann kam die Geschichte mit Michael und dieser Frau.« Timothy Wentworths Tonfall ließ keinen Zweifel an seinem Abscheu. »Michael hat sie in irgendeinem Rattenloch in Pigalle kennengelernt. Er erzählte mir am folgenden Tag davon. Ich hielt es für eine flüchtige Affäre und machte mir weiter keine Gedanken darum. Doch heute erkenne ich, daß Michael sich von jenem Punkt an von unserer Freundschaft zurückzog. Erlebte man es selbst mit, so war es ein langsamer Prozeß, doch im Rückblick gesehen ging es rasend schnell – von dem Tag, als er mir zum ersten Mal von ihr erzählte, bis zu dem Morgen, an dem er seine Sachen in unserer Wohnung packte und mir eröffnete, er habe diese Frau geheiratet.«

Ich warf einen Kommentar ein. »Da müssen Sie schockiert gewesen sein, Sir.«

»Schockiert ist gar kein Ausdruck. Ich war wie vor den Kopf geschlagen. Als ich Worte fand, ihn zu tadeln, schnauzte er mich an, mich um meine eigenen Angelegenheiten zu kümmern, und ging.« Ein Ausdruck tiefen Bedauerns zeigte sich in den aufrichtigen blauen Augen des jungen Mannes. »Das war das Ende unserer Freundschaft.«

»Sie haben ihn nicht mehr wiedergesehen?« murmelte Holmes.

»Ich habe es versucht, und zwei weitere Male habe ich ihn kurz getroffen. Man kann natürlich nicht verhindern, daß diese Dinge sich schnell herumsprechen – kurze Zeit später wurde Michael von der Sorbonne verwiesen. Als ich davon hörte, beschloß ich, zu ihm zu gehen. Ich stellte fest, daß er in einem unbeschreiblichen Stall auf dem linken Seine-Ufer lebte. Er war allein, aber ich nehme an, seine Frau lebte dort mit ihm zusammen. Er war halb betrunken und zeigte sich mir feindselig – ein gänzlich anderer Mann als der, den ich zuvor gekannt hatte. Es war unmöglich, an ihn heranzukommen, also legte ich etwas Geld auf den Tisch und ging. Vierzehn Tage später traf ich ihn auf der Straße, in der Nähe der Sorbonne. Er war in einem Zustand, daß es mir durch Mark und Bein ging. Es war, als sei der Geist eines Verdammten zurückgekehrt, um wehmütig der Gelegenheiten zu gedenken, die er nicht wahrgenommen hatte. Er blieb jedoch abweisend. Als ich versuchte, ihn anzusprechen, beschimpfte er mich und machte sich davon.«

»Wenn ich es richtig verstehe, haben Sie also seine Frau nie zu Gesicht bekommen?«

»Nein, aber es waren Gerüchte über sie im Umlauf. Man tuschelte, die Frau habe einen Komplizen, ein Mann, mit dem sie vor und auch nach ihrer Eheschließung zusammengelebt habe. Darüber weiß ich allerdings nichts Genaueres.« Er hielt inne, als führe er sich noch einmal das tragische Schicksal seines Freundes vor Augen. Dann fuhr er beherzter fort: »Ich glaube, daß man sich Michaels in dieser unglückseligen Ehe irgendwie bedient hat; daß er keinesfalls mit Absicht Schande über sein nobles Elternhaus bringen wollte.«

»Und ich glaube, in diesem Punkt kann ich Ihnen beipflichten«, sagte Holmes. »Vor kurzem ist Michaels Kasten mit chirurgischen Instrumenten in meinen Besitz gekommen, und als ich ihn untersuchte, entdeckte ich, daß Michael sorgfältig das geschmückte Wappen, das darin eingeprägt ist, mit einem Stück Samtstoff verborgen hatte.«

Timothy Wentworth bekam große Augen. »Er war gezwungen, sich von seinen Instrumenten zu trennen?«

»Worauf ich hinauswollte«, fuhr Holmes fort, »ist folgendes: Wenn er das Wappen verbirgt, ist das nicht nur ein Zeichen, daß er sich schämt, sondern auch ein Versuch, den Namen zu schützen, den er angeblich in den Schmutz treten wollte.«

»Es ist unverzeihlich, daß sein Vater das nicht wahrhaben will. Aber nun, Sir, habe ich Ihnen alles erzählt, was ich weiß, und ich bin gespannt, was Sie mir zu berichten haben.«

Es war nicht zu übersehen, daß Holmes ihm nur zögernd antwortete. Er erhob sich aus seinem Sessel und ging kurz im Zimmer auf und ab. Dann blieb er stehen. »Sie können für Michael nichts mehr tun, Sir«, sagte er.

Auch Wentworth schien es kaum noch in seinem Sessel zu halten. »Aber wir haben eine Abmachung getroffen!«

»Irgendwann nach Ihrer letzten Begegnung mit ihm erlitt Michael einen Unfall. Gegenwärtig ist er kaum mehr als ein Körper ohne jeden Verstand, Mr. Wentworth. Er erinnert sich an nichts mehr aus seiner Vergangenheit, und wahrscheinlich wird er sein Gedächtnis nie wiedererlangen. Aber er ist in guter Pflege. Wie ich schon sagte – Sie können nichts für ihn tun, und wenn ich Ihnen rate, ihn nicht zu besuchen, so hege ich dabei keine andere Absicht als die, Ihnen weitere Qualen zu ersparen.«

Timothy Wentworth blickte mit betrübter Miene zu Boden und bedachte den Rat, den Holmes ihm gegeben hatte. Ich war erleichtert, als er schließlich mit einem Seufzen sagte: »Gut, Mr. Holmes, damit wäre die Sache dann wohl erledigt.« Wentworth erhob sich und gab ihm die Hand. »Aber wenn ich jemals etwas für ihn tun kann, Sir, dann lassen Sie es mich bitte wissen.«

»Darauf können Sie sich verlassen.«

Nachdem der junge Mann sich verabschiedet hatte, blickte Holmes ihm schweigend vom Fenster aus nach. Als er sich mir schließlich wieder zuwandte, da sprach er mit so leiser Stimme, daß ich Mühe hatte, die Worte zu verstehen. »Je schwerwiegender unsere Fehler, Watson, desto mehr hält ein wahrer Freund zu uns.«

»Wie bitte, Holmes?«

»Nur so ein Gedanke.«

»Na, ich muß jedenfalls sagen, nach dem Bericht des jungen Wentworth habe ich nun eine ganz andere Meinung von Michael Osbourne.«

Holmes kehrte zum Feuer zurück und stocherte heftig mit dem Schüreisen darin. »Dabei wird Ihnen aber doch nicht entgangen sein, daß die Gerüchte, die er uns erzählte, von weitaus größerer Bedeutung waren als die Fakten.«

»Ich muß gestehen, ich weiß nicht, worauf Sie hinauswollen.«

»Das Gerücht, diese Frau, Michaels Ehefrau, habe einen Komplizen gehabt, wirft neues Licht auf unseren Fall. Wer anderes sollte das gewesen sein als unser fehlendes Bindeglied? Unser Tiger, der die Meuchelmörder auf uns hetzte?«

»Aber woher wußte er Bescheid?«

»Ah ja. Woher wußte er, daß ich ihm auf den Fersen war, bevor ich selbst es wußte? Ich glaube, wir werden dem Herzog von Shires einen weiteren Besuch abstatten, diesmal in seinem Haus am Berkeley Square.«

Es war uns jedoch nicht beschieden, diesen Besuch zu machen. Im selben Augenblick erklang von neuem die Türglocke unten, und wir hörten ein zweites Mal, wie Mrs. Hudson jemanden hineinließ. Es folgte ein großes Gepolter; der Besucher war an unserer Hauswirtin vorbeigestürmt und kam nun, zwei Stufen auf einmal, die Treppe hinauf. Die Tür wurde aufgerissen, und da stand er, ein schmaler Junge mit pickligem Gesicht, der etwas ausgesprochen Herausforderndes an sich hatte. Sein Gebaren ließ mich unwillkürlich nach einem Schüreisen greifen.

»Welcher von den Herrn is' Mr. Sherlock Holmes?«

»Das bin ich, mein Junge«, antwortete Holmes; daraufhin streckte der Junge ihm ein Päckchen entgegen, das in braunes Papier eingeschlagen war. »Das hier, das soll ich Ihn' geben.«

Holmes nahm das Päckchen und öffnete es ohne Umschweife.

»Das fehlende Skalpell!« rief ich.

Holmes kam gar nicht zu einer Antwort. Der Bote hatte sich davongemacht, und Holmes wirbelte durchs Zimmer. »Warte!« rief er. »Ich muß mit dir sprechen! Du brauchst keine Angst zu haben!«

Aber der Junge war fort. Holmes stürmte aus der Wohnung. Ich eilte zum Fenster und sah, wie der Junge die Straße hinunterfloh, als sei er von allen Teufeln der Hölle gehetzt, und Sherlock Holmes war ihm auf den Fersen.

Ellerys Spürhund auf neuer Spur

Rachel?«

Sie warf ihm einen Blick über die Schulter zu. »Grant! Grant Ames!«

»Ich dachte, ich schaue mal vorbei«, sagte der Playboy.

»Das ist aber lieb von dir.«

Rachel Hager trug Blue Jeans und einen engen Pullover. Sie war langbeinig und schlank, wenn auch nicht ohne Kurven. Die Lippen waren voll und breit, die Augen von einem seltsamen Braun, und sie hatte eine Stupsnase. Sie sah aus wie eine Madonna, die gegen den Türpfosten gelaufen war.

Dieses äußerst hübsche Paradox entging auch Grant Ames III. nicht. Neulich sah sie doch ganz anders aus, dachte er, während er auf die Arbeit im Garten wies, mit der sie gerade beschäftigt gewesen war.

»Ich wußte nicht, daß du Rosen züchtest.«

Die vorstehenden Zähne, die sie beim Lachen zeigte, waren wunderschön. »Ich versuche es. Mein Gott, wieviel Mühe ich mir damit gebe. Aber ich habe wohl kein Händchen für Pflanzen. Was führt dich denn in die Wildnis von New Rochelle?« Sie zog ihre Handschuhe aus und schob eine Haarsträhne beiseite, die ihr in die Stirn gefallen war. Ihr Haar war von einem unscheinbaren Braun – doch hätte man die Farbe in Flaschen kaufen können, dann würden die Mädchen, da war Grant sicher, vor den Drogerien Schlange stehen.

»Ich kam gerade vorbei. Neulich bei Lita habe ich ja kaum ein Wort mit dir sprechen können.«

»Reiner Zufall, daß ich da war. Ich konnte nicht lange bleiben.«

»Mir ist aufgefallen, daß du nicht schwimmen gegangen bist.«

»Ach Grant! Das ist aber ein hübsches Kompliment. Die meisten Mädchen fallen eher auf, *wenn* sie schwimmen gehen. Sollen wir uns auf die Veranda setzen? Ich hole dir etwas zu trinken. Scotch, nicht wahr?«

»Ab und zu trinke ich einen Scotch, aber im Augenblick wäre mir eher nach Eistee.«

»Tatsächlich? Ich bin gleich wieder da.«

Sie kam zurück, und Grant beobachtete, wie sie ihre Beine übereinanderschlug, um sich in einen zu niedrigen und daher unbequemen Gartenstuhl zu setzen. Aus irgendeinem Grunde war er gerührt. »Hübscher Garten.«

Schon wieder dieses zauberhafte Lächeln, diese Zähne. »Du solltest ihn sehen, wenn die Kinder gerade da waren.«

»Die Kinder?«

»Aus dem Waisenhaus. Einmal die Woche laden wir ein paar von ihnen ein, und dann geht es hier wirklich wild zu. Bei den Rosen sehen sie sich allerdings vor. Eins von ihnen, ein kleines Mädchen, sitzt einfach nur da und starrt alles an. Gestern habe ich ihr ein Eis gegeben, und sie ließ es einfach schmelzen, bis es ihr über die Hand lief. Die Mammut-Tropicana dort hatte es ihr angetan. Sie hat versucht, sie zu küssen.«

»Ich wußte nicht, daß du mit Kindern zu tun hast.« Die ungeschminkte Wahrheit war, daß Grant nicht die geringste Ahnung hatte, womit Rachel sich beschäftigte, und sich bisher den Teufel darum geschert hatte.

»Ich bin sicher, ich habe mehr Nutzen davon als die Kinder. Ich sitze an meiner Abschlußarbeit, und da bleibt immer noch etwas Zeit. Ich habe überlegt, ob ich dem Friedenskorps beitrete. Aber es gibt so vieles, was man unmittelbar hier in Amerika tun kann – hier in der Stadt sogar.«

»Du bist großartig«, hörte Grant sich murmeln und traute seinen eigenen Ohren kaum.

Das Mädchen hob kurz den Blick, als sei sie nicht sicher, ob sie ihn recht verstanden habe. »Was zum Teufel redest du da?«

»Ich habe gerade überlegt, wie oft ich dich schon gesehen habe. Zum ersten Mal am Snow Mountain, nicht wahr?«

»Ich glaube, ja.«

»Jilly Hart hat uns miteinander bekannt gemacht.«

»Daran kann ich mich noch erinnern. Auf der Reise habe ich mir den Knöchel gebrochen. Aber wie ist es möglich, daß du dich an mich erinnerst? Bei deinem Harem?«

»Ganz so schlimm bin ich nicht«, entgegnete Grant steif.

»Ich meine, warum solltest du das? Gerade an mich? Du hast doch nie –«

»Würdest du mir einen Gefallen tun, Rachel?«

»Was für einen?« fragte Rachel mißtrauisch.

»Geh wieder in den Garten, und mache mit dem weiter, womit du beschäftigt warst, als ich ankam. Kümmere dich wieder um deine Rosen. Ich möchte gerne hier sitzen bleiben und dir zuschauen.«

»Ist das dein neuester Trick?«

»Das ist alles furchtbar verwirrend«, murmelte er.

»Grant – weshalb bist du hergekommen?«

»Wie bitte?«

»Ich sagte, weshalb bist du hergekommen?«

»Ich habe keine Ahnung.«

»Es fällt dir sicher wieder ein«, sagte sie ein wenig ärgerlich. »Wenn du dir Mühe gibst.«

»Laß mich überlegen. Oh ja! Ich wollte dich fragen, ob du bei Lita einen braunen Umschlag auf den Sitz meines Jaguars gelegt hast. Aber zum Teufel damit. Was nimmst du zum Düngen?«

Rachel hockte sich nieder. Für Grant war es wie ein Bild aus *Vogue.* »Ich habe kein Rezept dafür. Ich mische einfach irgend etwas zusammen. Grant, was ist denn los mit dir?«

Er betrachtete die wunderschöne braune Hand, die auf seinem Arm lag.

Meine Güte! Es ist passiert!

»Wenn ich um sieben wieder hier bin«, fragte er, »kannst du dich bis dahin umgezogen haben?«

Wie sie ihn so betrachtete, dämmerte ihr allmählich, was mit ihm vorging. »Aber natürlich, Grant«, sagte sie sanft.

»Und es macht dir nichts aus, wenn ich dich ein paar Leuten vorführe?«

Die Hand drückte fester zu. »Du bist süß.«

»Ellery, ich habe sie gefunden, ich habe sie gefunden!« lallte Grant Ames III. durchs Telefon.

»Wen hast du gefunden?«

»Ich habe DIE Frau gefunden!«

»Die, die den Umschlag in dein Auto gelegt hat?« fragte Ellery mißtrauisch.

»Die was getan hat?« fragte Grant.

»Den Umschlag. Das Tagebuch.«

»Oh.« Einen Augenblick lang herrschte Stille. »Weißt du was, Ellery?«

»Nein. Was?«

»Daran hab' ich gar nicht mehr gedacht.«

Mit einem Schulterzucken wandte Ellery sich wieder Dr. Watson zu.

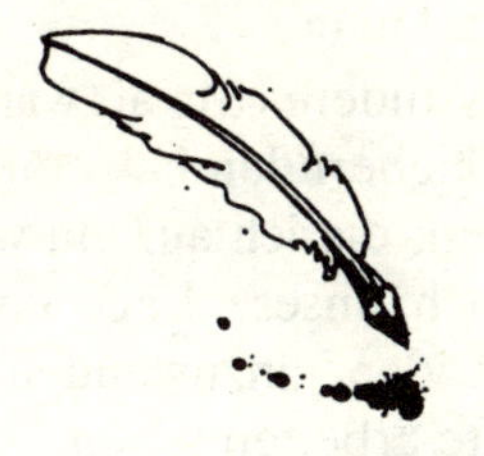

Neuntes Kapitel: In der Höhle des Rippers

Ich konnte nichts anderes tun als warten. Holmes hatte mich mit seiner fiebernden Ungeduld angesteckt, und um mir die Stunden, die ich auf ihn wartete, zu vertreiben, überdachte ich unsere Lage und bemühte mich, dabei jene Methoden anzuwenden, mit denen ich Holmes so oft hatte arbeiten sehen.

Ein Gutteil meiner Überlegungen galt natürlich Holmes' Auskunft, daß vier Männer als Ripper in Frage kamen, aber auch andere Segmente des Puzzlespiels verwirrten mich – Mycrofts Bemerkung, sein Bruder habe noch nicht alle Teile des Puzzles beisammen, und Holmes' Verlangen, den »Tiger« zu fassen zu bekommen, der durch Londons Gassen strich. Wenn der Ripper einer von vier Personen war, die Holmes bereits kannte, wie paßte dann der »Tiger« da hinein? Und warum war es notwendig, ihn zu finden, bevor man mit dem Ripper abrechnen konnte?

Ich wäre überglücklich gewesen, hätte ich gewußt, daß ich selbst in jenem Augenblick den Schlüssel in Händen hielt. Doch ich war mit Blindheit geschlagen und erkannte weder den Schlüssel noch dessen Bedeutung; und als mir diese Bedeutung endlich aufging, waren nichts als Demütigungen mein Lohn.

So verbrachte ich meine Stunden, und nur ein einziges Mal gab es eine Unterbrechung in dieser Eintönigkeit. Ein Botenjunge in schmucker Uniform lieferte einen

Brief in der Baker Street ab. »Eine Nachricht von Mr. Mycroft Holmes an Mr. Sherlock Holmes, Sir.«

»Mr. Holmes ist zur Zeit nicht anwesend«, erwiderte ich. »Aber Sie können den Brief mir übergeben.«

Ich entließ den Botenjungen und betrachtete den Brief näher. Es war ein verschlossener Umschlag aus dem Außenministerium, wo Mycroft tätig war.

Es juckte mir in den Fingern, ihn zu öffnen, aber natürlich tat ich nichts dergleichen. Ich steckte die Nachricht ein und begann von neuem auf und ab zu gehen. Die Stunden verstrichen ohne jedes Zeichen von Holmes. Von Zeit zu Zeit ging ich zum Fenster und betrachtete den Nebel, der sich auf London herabsenkte. Eine Nacht wie geschaffen für den Ripper, dachte ich bei mir, als die Dämmerung hereinbrach.

Dieser Gedanke war offenbar auch dem Wahnsinnigen gekommen. Kaum hatte ich die Bemerkung vor mich hin gesprochen, da erschien schon, wie in einem Theaterstück, ein Gassenjunge und brachte eine Nachricht von Holmes. Der Junge wartete, während ich den Umschlag mit zitternden Fingern aufriß.

Mein lieber Watson!
Geben Sie diesem Jungen eine halbe Krone für seine Mühe, und kommen Sie dann, so schnell Sie können, zu mir in das Leichenschauhaus in der Montague Street.

Sherlock Holmes

Der Junge, ein aufgeweckter Bursche, hatte mit Sicherheit noch nie zuvor ein so großes Trinkgeld erhalten. Ich war so erleichtert, daß ich ihm eine ganze Krone gab.

Im Handumdrehen hatte ich einen Hansom bestiegen und trieb den Kutscher zur Eile an durch die immer dichter werdende Waschküche, in die sich die Straßen verwandelt hatte. Zum Glück hatte mein Steuermann den Orientierungssinn einer Brieftaube. Schon kurze Zeit später ließ er sich vernehmen: »Die rechte Tür, Meister. Geradeaus, un' passen Sie auf, daß Sie sich nich' die Nase an dem verdammten Tor einrenn'.«

Ich tastete mich bis an das Tor vor, ging hinein und über den Hof und trat in die Leichenhalle, wo ich Holmes an dem erhöhten Tisch stehen sah.

»Ein neues Opfer, Watson«, begrüßte er mich mit Grabesstimme. Auch Dr. Murray und der Schwachsinnige waren zugegen. Dr. Murray stand schweigend neben dem Tisch, während Michael-Pierre sich an die Wand drückte, das Gesicht angstverzerrt.

Dr. Murray rührte sich nicht. Holmes hob die Augenbrauen und sagte scharf: »Dr. Murray, Sie werden doch nicht meinen, Dr. Watson hätte einen zu schwachen Magen dafür?«

»Aber nein«, erwiderte Murray und zog das Tuch zurück.

Tatsächlich war der Anblick beinahe zuviel für meinen Magen. Einen infernalischer zugerichteten Menschenleib hätte sich ein gesunder Geist schwerlich ausmalen können. Mit dem Geschick eines Wahnsinnigen hatte der Ripper wie ein Berserker gewütet. Der Anstand verbietet es mir, die Einzelheiten zu beschreiben, doch ich stöhnte auf: »Aber da fehlt ja eine der Brüste, Holmes!«

»Diesmal«, bestätigte Holmes grimmig, »hat unser Wahnsinniger eine Trophäe zurückbehalten.«

Ich konnte es nicht länger ertragen; ich verließ die Plattform. »Um Gottes willen, Holmes«, rief ich, »dieser Bestie muß das Handwerk gelegt werden!«

»Sie sind nicht der erste, der diesen Wunsch äußert, Watson.«

»Hat Scotland Yard Ihnen weiterhelfen können?«

»Sie sollten eher fragen, Watson«, entgegnete er düster, »ob ich für Scotland Yard eine Hilfe gewesen bin. Wohl kaum, fürchte ich.«

Wir verabschiedeten uns von Murray und dem Schwachsinnigen. Mir schauderte, als ich hinaus in die Nebelschwaden der Straße trat. »Dieses Wrack, das einmal Michael Osbourne war . . . Bilde ich es mir ein, Holmes, oder saß er dort, geduckt, als sei er Murrays treuer Hund, der einen Fußtritt für eine Schandtat erwartet?«

»Oder wie ein treuer Hund«, erwiderte Holmes, »der das Entsetzen seines Herrn spürt und versucht, daran Anteil zu nehmen. Bei Michael Osbourne irren Sie sich, Watson.«

»Vielleicht.« Ich zwang mich, an etwas anderes zu denken. »Haben Sie den Botenjungen zu fassen bekommen, Holmes, dem Sie auf den Fersen waren?«

»Ich blieb ihm mehrere Häuserblocks weit auf der Spur, aber er kannte die Winkel und Gassen Londons ebenso gut wie ich. Er ist mir entwischt.«

»Und wie haben Sie, wenn ich fragen darf, den Rest des Tages verbracht?«

»Einen Teil davon in der Bücherei in der Bow Street, wo ich versuchte, mir die Gedankengänge des Wahnsinnigen zu vergegenwärtigen und ein System darin zu finden.«

Er tastete sich durch den Nebel vorwärts, und ich hielt mich neben ihm. »Wohin gehen wir, Holmes?«

»An einen gewissen Ort in Whitechapel. Ich habe ein Schema aufgezeichnet, Watson, einen Lageplan aller bekanntgewordenen Morde des Rippers auf einer Karte der betreffenden Gegend. Ich habe mehrere Stunden damit verbracht, diesen Plan zu erforschen. Ich bin überzeugt, daß der Ripper von einem Stützpunkt in der Mitte dieses Zirkels aus arbeitet, einem Zimmer, einer Wohnung, irgendeiner Zuflucht, von wo er auszieht und wohin er zurückkehrt.«

»Und danach suchen wir nun?«

»So ist es. Wir wollen sehen, ob unsere Schuhsohlen uns helfen können, wo der Lehnstuhl versagt hat.«

»In diesem Nebel werden wir wohl eine Weile unterwegs sein.«

»Gewiß, aber es gibt eine Reihe von Anhaltspunkten, die es uns leichter machen werden. Zum Beispiel habe ich die Zeugen sorgfältig befragt.«

Das verblüffte mich. »Ich hatte ja keine Ahnung, daß es Zeugen gibt, Holmes!«

»In gewisser Weise schon, Watson, in gewisser Weise schon. In einigen Fällen entging der Ripper nur knapp der Entdeckung. Ich habe den Verdacht, daß er seine Morde mit Absicht so einrichtet, aus Menschenverachtung ebenso wie um des Nervenkitzels wegen. Sie werden sich erinnern, wie nahe wir ihm kamen.«

»Allerdings!«

»Wie dem auch sei – nach der Richtung, in die sich seine Schritte entfernten, bin ich zu dem Schluß gekommen, daß er sich vom Rand eines Kreises zur Mitte hin bewegt. Und im Mittelpunkt dieses Kreises werden wir ihn nun suchen.«

Also tauchten wir in dieser pechschwarzen Nebelnacht in die Jauchegrube Whitechapel ein, in die sich der menschliche Unrat der Großstadt entleerte. Die Sicherheit, mit der Holmes sich bewegte, zeigte mir, wie gut er sich in diesen stinkenden Tiefen auskannte. Wir schwiegen beide; nur einmal hielt Holmes inne und fragte: »Übrigens, Watson, Sie haben doch wohl daran gedacht, einen Revolver in die Tasche zu stecken?«

»Mein letzter Gedanke, bevor ich zu Ihnen aufbrach.«

»Auch ich bin bewaffnet.«

Zuerst wagten wir uns in eine – wie ich feststellen mußte – Opiumhöhle hinein. Ich rang in dem üblen Qualm nach Atem und folgte Holmes, der die Reihe von Kojen entlangging, wo die Opfer der Sucht ihren elenden Träumen nachhingen. Holmes verweilte bei diesem und jenem und schaute ihn sich genauer an. Zu einigen sprach er ein Wort; bisweilen erhielt er auch eine Antwort. Dann gingen wir wieder, offenbar ohne daß er irgendeine Information von Wert bekommen hätte.

Als nächstes untersuchten wir eine Reihe von ärmlichen Gasthäusern, in denen wir meist mit bedrücktem Schweigen begrüßt wurden. Auch hier sprach Holmes sotto voce mit einigen der Gestalten, auf die wir stießen, und zwar auf eine Weise, die mir das sichere Gefühl gab, daß er manche von ihnen kannte. Gelegentlich wanderten ein oder zwei Münzen aus der seinen in eine schmutzige ausgestreckte Hand. Aber jedesmal ging unsere Suche weiter.

Beim Verlassen des dritten Loches dieser Art, das noch elender als die beiden vorigen gewesen war, konnte ich nicht mehr länger an mich halten.

»Holmes, der Ripper ist kein Täter. Er ist ein Opfer.«

»Ein Opfer, Watson?«

»Ein Produkt des entsetzlichen Milieus, das wir hier vor Augen haben.«

Holmes zuckte die Schultern.

»Empören Sie diese Zustände denn nicht?«

»Natürlich würde ich es begrüßen, wenn all das von Grund auf bereinigt werden könnte, Watson. Vielleicht wird es in einer aufgeklärteren Zukunft möglich sein. Aber bis dahin bin ich Realist. Utopien sind ein Luxus, und ich habe keine Zeit zum Träumen.«

Bevor ich etwas einwenden konnte, öffnete er eine weitere Tür, und wir betraten ein Bordell. Mir wurde beinahe schwindlig vom Gestank des billigen Parfüms. Wir kamen in einen Salon, in dem ein halbes Dutzend halbnackter Frauen in anzüglichen Posen dasaß und wartete, wer wohl aus dem Nebel zu ihnen kommen mochte.

Ich muß zugeben, daß ich versuchte, dem einladenden Lächeln und den verführerischen Gesten, die uns auf allen Seiten zuteil wurden, auszuweichen. Holmes jedoch wurde auch hier nicht von seinem üblichen Gleichmut verlassen. »Guten Abend, Jenny« – mit diesen Worten wandte er seine Aufmerksamkeit einem der Mädchen zu, einem blassen, hübschen kleinen Ding, mit nichts als einem Hausmantel bekleidet, den sie achtlos offen gelassen hatte.

»'n Abend, Mr. Holmes.«

»Bist du bei dem Doktor gewesen, dessen Adresse ich dir gegeben habe?«

»Da war ich, Sir. Hat mir 'n 'sundheitszeugnis geschrieben, war ganz einfach.«

Ein Vorhang aus Perlenschnüren teilte sich, und eine fette Puffmutter stand dort und blickte uns aus Knopfaugen an. »Was treibt Sie denn an einem solchen Abend aus dem Haus, Mr. Holmes?«

»Ich bin sicher, das können Sie sich denken, Leona.«

Ihr Gesicht nahm einen grimmigen Zug an. »Was meinen Sie, warum ich meine Mädchen nicht auf die Straße lasse? Ich will ja nicht, daß eines davon verloren geht!«

Ein üppiges, übermäßig geschminktes Geschöpf kommentierte ärgerlich: »Is' ja 'ne verdammte Schande, wie wir armen Mädchen überall von'n Bobbies rumkommandiert wer'n.«

»Na, besser als wenn du ’n Messer in’n Bauch bekommst, Schätzchen«, konterte eine andere.

»Ich hätt’ mir beinahe ’n Herrn geangelt, jawohl, ’n Gentleman, der wohnt im Pacquin. Kommt die Treppe hoch, weißes Halstuch un’ Umhang un’ alles, un’ wie er mich sieht, bleibt er stehen. Un’ dann steckt der blöde Bobby seine Fratze aus’m Nebel raus. ›Ab ins Körbchen, Kleine‹, sagt er, ›das is’ kein Abend für eine wie dich.‹« Das Mädchen spuckte wütend auf den Boden.

Holmes’ Stimme war völlig ruhig, als er fragte: »Der Gentleman ergriff die Flucht, nehme ich an?«

»Der is’ hoch zu sei’m Zimmer, wo soll er ’n sonst hin sein? Aber mich hat er nich’ mitgenomm’!«

»Eine seltsame Adresse für einen Gentleman, meinst du nicht auch?«

Das Mädchen wischte sich den Mund mit dem Handrücken. »Der kann doch wohn’, wo’s ihm Spaß macht, verdammt nochma’!«

Holmes bewegte sich bereits in Richtung Tür. Als er an mir vorbeikam, flüsterte er mir zu: »Kommen Sie, Watson, und schnell, schnell!«

Draußen im Nebel nahm er mich bei der Hand und zog mich unerbittlich vorwärts. »Wir haben ihn, Watson! Ich bin sicher! Man sieht sich um – man stellt ein paar Fragen – eine Bemerkung fällt – schon sind wir auf der Spur dieses Teufels; er kann zwar vieles tun, aber unsichtbar machen kann er sich nicht!«

Der reine Triumph sprach aus jedem Wort von Holmes, während er mich weiter voran zog. Augenblicke später stolperte ich eine enge Treppe neben einer Bretterwand hinauf.

Die Anstrengung der Jagd hierher war selbst für Holmes mit seiner außerordentlichen Ausdauer eine Belastung gewesen, und während wir die Treppe hinaufstiegen, erklärte er mir keuchend: »Dieses Pacquin ist ein heruntergekommenes Mietshaus, Watson. Whitechapel ist voll von solchen Häusern. Ein Glück, daß mir der Name geläufig war.«

Ein Blick nach oben sagte mir, daß wir uns einer halb geöffneten Tür näherten. Wir erreichten das Ende der Treppe, und Holmes stürmte hinein. Ich stolperte ihm nach.

»So ein verdammtes Pech!« rief er. »Jemand ist vor uns hiergewesen!«

In all den Jahren, die wir zusammen waren, hatte Holmes mir nie zuvor ein solches Bild bitterster Enttäuschung geboten. Er stand wie angewurzelt in dem kleinen, ärmlich möblierten Zimmer, den Revolver in der Hand, und seine grauen Augen blitzten.

»Wenn das die Höhle des Rippers war«, rief ich, »dann hat er sich davongemacht.«

»Und zwar endgültig, das steht fest!«

»Vielleicht war auch Lestrade ihm auf den Fersen.«

»Das glaube ich kaum! Lestrade stolpert in diesem Augenblick durch irgendeine finstere Gasse.«

Der Ripper hatte in seiner Eile davonzukommen das Zimmer gründlich verwüstet. Ich suchte noch nach Worten, um Holmes über seine Enttäuschung hinwegzutrösten, da ergriff er grimmig meinen Arm. »Wenn Sie noch Zweifel haben, daß dieses Loch das Quartier des Wahnsinnigen ist, Watson, dann schauen Sie hier herüber.«

Mein Blick folgte seinem ausgestreckten Finger, und ich sah, wovon er sprach. Die entsetzliche Trophäe – die Brust, die der Toten in der Montague Street gefehlt hatte.

Mir sind Gewalttat und Tod oft genug begegnet, aber dies war schlimmer als alles zuvor. Hier gab es keine

Erregung, keine Wut – nur das blanke Entsetzen, und der Magen drehte sich mir um.

»Ich muß nach draußen, Holmes. Ich warte unten auf Sie.«

»Auch ich habe keinen Grund zu bleiben. Was hier zu sehen ist, ist schnell gesehen. Der Mann, den wir suchen, ist viel zu gerissen, um auch nur das kleinste Indiz zurückzulassen.«

In jenem Augenblick – vielleicht, weil mein Verstand nach einer Ablenkung suchte – erinnerte ich mich des Briefes. »Übrigens, Holmes, heute nachmittag brachte ein Bote eine Nachricht von Ihrem Bruder Mycroft in die Baker Street. Das hatte ich in der Aufregung ganz vergessen.«

Mit diesen Worten überreichte ich ihm den Umschlag, und er öffnete ihn.

Wenn ich Dank dafür erwartet hatte, so sollte ich mich getäuscht haben. Nachdem er die Nachricht gelesen hatte, blickte Holmes mich mit kalten Augen an. »Möchten Sie hören, was Mycroft schreibt?«

»Ich bitte darum.«

»Die Notiz lautet: ›Lieber Sherlock! Durch Umstände, die ich Dir später erläutern werde, ist mir eine Information untergekommen, die Dir nützlich sein wird. Ein gewisser Max Klein ist der Besitzer einer Kneipe in Whitechapel, des ›Angel and Crown‹. Klein hat das Lokal allerdings erst vor kurzem erworben, genauer gesagt vor etwa vier Monaten. Dein Bruder Mycroft.‹«

Ich war zu verwirrt, um zu erkennen, was das bedeutete. Zumindest möchte ich diesen mildernden Umstand gern für mich in Anspruch nehmen, denn alles weitere in diesem Zusammenhang kann wohl nicht erklärt werden, ohne daß ich mich zu meiner bodenlosen Dummheit bekenne. Jedenfalls platzte ich heraus »Das stimmt,

Holmes. Das hätte ich Ihnen auch sagen können. Ich habe es von dem Mädchen erfahren, mit dem ich bei meinem Besuch im ›Angel and Crown‹ plauderte.«

»Tatsächlich?« fragte Holmes, und seine Stimme hatte etwas Bedrohliches.

»Ein unangenehmer Bursche, dieser Klein. Ich dachte noch bei mir, daß er nicht lange gebraucht hat, dem ganzen Lokal seinen Stempel aufzudrücken.«

Holmes konnte nicht mehr länger an sich halten und schüttelte die Fäuste. »Gott im Himmel! Wohin ich trete, bin ich von Idioten umgeben!«

Das traf mich in meiner Ahnungslosigkeit gänzlich unvorbereitet. Ich stand mit offenem Munde da und konnte nur stammeln: »Holmes, ich verstehe nicht, was Sie haben.«

»Wenn Sie das nicht verstehen, dann lassen Sie alle Hoffnung fahren, Watson! Erst gelangen Sie an genau die Information, die es mir ermöglicht hätte, diesen Fall zu lösen, und freundlich lächelnd behalten Sie sie für sich. Und dann vergessen Sie, mir die Nachricht zu übergeben, die dieselbe entscheidende Information enthält. Watson! Watson! Auf wessen Seite stehen Sie eigentlich?«

War ich schon vorher verwirrt gewesen, so fand ich mich nun überhaupt nicht mehr zurecht. Es war unmöglich, etwas dagegen einzuwenden, und Widerrede, jede Verteidigung meiner Selbstachtung, stand völlig außer Frage.

Aber Holmes war kein nachtragender Mensch. »Zum ›Angel and Crown‹, Watson!« rief er und sprang bereits zur Tür. »Nein, zuerst zur Leichenhalle! Wir werden dem Teufel eine Probe seiner eigenen Arbeit mitbringen!«

Ein Anruf aus der Vergangenheit

Die Türglocke erklang.

Ellery knallte das Tagebuch auf den Tisch. Das war doch ohne Zweifel schon wieder dieser alte Säufer. Er überlegte, ob er öffnen sollte, warf einen schuldbewußten Blick auf die Schreibmaschine und ging dann hinaus an die Tür.

Statt des erwarteten Grant Ames stand ein Telegrammbote der Western Union da. Ellery quittierte und las dann das Telegramm, das keine Unterschrift trug.

WIRST DU PUNKT PUNKT PUNKT WOHL ENDLICH DAS TELEFON EINSTÖPSELN AUSRUFEZEICHEN WILLST DU DASS ICH ÜBERSCHNAPPE FRAGEZEICHEN

»Keine Antwort«, sagte Ellery, gab dem Boten ein Trinkgeld und setzte die Anweisung des Inspektors auf der Stelle in die Tat um.

Vor sich hinbrummelnd steckte er auch den Stecker des Rasierapparates ein und zog mit dem schnurrenden Scherkopf Furchen in seinen Bart. Solange er anruft, dachte er, ist er auch noch auf den Bermudas. Wenn ich ihn nur noch eine weitere Woche dort festhalten kann . . .

Das Telefon, wieder zu Leben erwacht, klingelte. Ellery schaltete den Rasierapparat aus und hob ab. Der gute alte Dad.

Doch es war nicht der gute alte Dad. Es war die zitternde Stimme einer alten Dame. Einer sehr alten Dame.

»Mr. Queen?«

»Ja?«

»Ich hatte eigentlich erwartet, daß Sie sich bei mir melden.«

»Da muß ich mich entschuldigen«, sagte Ellery. »Ich wollte vorbeikommen, aber Dr. Watsons Manuskript ist zu einem sehr ungünstigen Zeitpunkt hier eingetroffen. Ich stecke bis zu den Ohren in der Arbeit mit einem eigenen Manuskript.«

»Das tut mir sehr leid.«

»Glauben Sie mir, ich bin derjenige, dem das leid tun sollte.«

»Dann haben Sie also noch keine Zeit gefunden, es zu lesen?«

»Doch. Einer solchen Versuchung konnte ich nicht widerstehen, Abgabetermin hin oder her. Allerdings mußte ich meine Zeit einteilen. Zwei Kapitel habe ich noch vor mir.«

»Wenn Sie so sehr in Zeitdruck sind, Mr. Queen, dann wäre es vielleicht das beste, ich warte, bis Sie Ihre eigene Arbeit abgeschlossen haben.«

»Nein – ich bitte Sie. Die kniffligen Stellen sind allesamt fertig. Und ich habe mich darauf gefreut, mit Ihnen zu plaudern.«

Die vornehme alte Stimme kicherte. »Ich brauche wohl nicht zu sagen, daß ich Ihren neuen Roman bereits vorbestellt habe, wie immer. Oder klänge Ihnen das zu sehr nach berechnender Schmeichelei? Ich hoffe nicht!«

»Das ist sehr freundlich von Ihnen.«

Irgendwo hinter dieser ruhigen, klaren Diktion, diesem Verhaltenen, Disziplinierten verbarg sich etwas, das fühlte Ellery mit Bestimmtheit, vielleicht, weil er genau das erwartet hatte – es war, als könne die alte Dame die Spannung kaum mehr ertragen.

»Haben Sie zu irgendeinem Zeitpunkt die Echtheit des Manuskripts angezweifelt, Mr. Queen?«

»Ehrlich gesagt, am Anfang, als Grant es mir brachte, da hielt ich es für eine Fälschung. Aber meine Meinung änderte sich schnell.«

»Die Art, wie ich Ihnen das Manuskript zukommen ließ, muß Ihnen exzentrisch vorgekommen sein.«

»Nicht, nachdem ich das erste Kapitel gelesen hatte«, sagte Ellery. »Da verstand ich es vollkommen.«

Die ältliche Stimme zitterte. »Mr. Queen, *er hat es nicht getan. Er war nicht der Ripper!*«

Ellery versuchte, sie zu trösten. »Das ist doch schon so lange her. Spielt das denn heute überhaupt noch eine Rolle?«

»Aber ja doch, natürlich spielt es noch eine Rolle. Unrecht bleibt Unrecht. Viele Dinge verjähren, aber so etwas nicht.«

Er habe, erinnerte Ellery sie, das Manuskript ja noch nicht zu Ende gelesen.

»Aber Sie haben etwas herausgefunden, das spüre ich.«

»Es ist mir nicht entgangen, worauf alles hinausläuft.«

»Und dabei bleibt es auch, bis zum Schluß. Aber es stimmt nicht, Mr. Queen! Dieses eine Mal hat Sherlock Holmes sich getäuscht. Es ist nicht Dr. Watsons Schuld. Er hat ja nur aufgeschrieben, wie der Fall sich entwikkelt hat – was Mr. Holmes ihm diktiert hat. Doch Mr. Holmes hat sich geirrt und damit jemandem ein großes Unrecht angetan.«

»Aber das Manuskript ist doch nie veröffentlicht worden –«

»Das bleibt sich doch in Wirklichkeit gleich, Mr. Queen. Sein Urteil wurde bekannt, und es hat einen Unschuldigen für immer gebrandmarkt.«

»Aber was soll ich da tun? Niemand kann die Vergangenheit ungeschehen machen.«

»Das Manuskript, Sir, ist alles, was ich habe! Dieses Manuskript und die abscheuliche Lüge! Sherlock Holmes war nicht unfehlbar. Wer könnte das von sich sagen? Nur Gott allein ist unfehlbar. Irgendwo in dem Manuskript muß die Wahrheit verborgen sein. Ich flehe Sie an, Mr. Queen, finden Sie sie!«

»Ich werde sehen, was ich tun kann.«

»Ich danke Ihnen, junger Mann. Vielen, vielen Dank!«

Als er sicher war, daß sie eingehängt hatte, knallte Ellery den Hörer auf die Gabel und funkelte das Telefon an. Eine Erfindung des Teufels. Er bemühte sich nett zu sein und tat gute Werke und kümmerte sich um seinen Vater, und dann das.

Er hatte nicht übel Lust, Dr. John Watson und allen speichelleckenden Boswells (warum hatte er eigentlich keinen?) die Pest auf den Hals zu wünschen. Dann seufzte er, denn es fiel ihm ein, wie die Stimme der alten Dame gezittert hatte, und er nahm sich Watsons Manuskript von neuem vor.

Zehntes Kapitel:
Der Tiger vom ›Angel and Crown‹

Ich kann nur hoffen, mein Lieber, daß Sie meine Entschuldigung annehmen.«

Nie war mir eine Bemerkung von Holmes willkommener gewesen als diese. Wir waren wieder auf der Straße und tasteten uns im Nebel voran, denn an diesem Abend gab es keine Hansoms in Whitechapel.

»Sie waren völlig im Recht, Holmes.«

»Ganz im Gegenteil. Ich habe mich zu einem kindischen Jähzorn hinreißen lassen, der erwachsenen Menschen schlecht zu Gesicht steht. Nichts kann es rechtfertigen, andere für die eigenen Fehler verantwortlich zu machen. Ich hätte klug genug sein müssen, schon vor langem selbst auf jene Information zu stoßen, die Sie so mühelos der jungen Polly entlocken konnten. Sie haben in der Tat den Beweis erbracht, daß Sie meine Arbeit weitaus besser tun können als ich selbst.«

Das war natürlich alles andere als überzeugend, aber trotzdem schmeichelte mir Holmes' Lob.

»Zuviel der Ehre, Holmes«, beteuerte ich. »Ich bin nicht auf die Idee gekommen, daß es sich bei Ihrem fehlenden Bindeglied um Klein handeln könnte.«

»Aber nur«, sagte Holmes, noch immer über die Maßen großzügig, »weil Sie versäumten, Ihre Aufmerksamkeit in die betreffende Richtung zu lenken. Wir waren auf der Suche nach einem kräftigen Mann, jemandem, der gewalttätig und skrupellos war. Nach allem, was Sie mir erzählten, paßte diese Beschreibung genau auf Klein; und was ich im Gasthaus selbst sah, legte das ebenfalls nahe. Es mag andere in Whitechapel geben, die ebenso gewalttätig sind, aber unser zweites Indiz weist eindeutig auf Klein.«

»Die Tatsache, daß er das Gasthaus erst vor kurzem erworben hat? Sobald Sie einen Umstand erläutern, scheint alles ganz einfach zu sein.«

»Jetzt können wir ziemlich genau sagen, was geschah, und die Wahrscheinlichkeit, daß wir uns irren, ist verschwindend gering. Klein erkannte, welche Möglichkeiten Michael Osbourne ihm bot. Michael war ein schwacher Charakter und die Dirne Angela, in die er sich verliebte, zweifellos ebenso; es war nicht schwer für einen gewaltsamen Mann, sie unter seinen Einfluß zu bringen. Nach Kleins Plan wurde die unselige Ehe geschlossen, die Michael Osbourne ruinierte.«

»Aber zu welchem Zweck?«

»Erpressung, Watson! Der Plan scheiterte, als Michaels bessere Natur die Oberhand gewann und er sich weigerte mitzumachen. Ich bin sicher, nur durch einen glücklichen Zufall konnte Klein seine Intrige dann doch noch ins Werk setzen. Auf diese Weise war es ihm möglich, genug Geld zu erpressen, um das ›Angel and Crown‹ zu erwerben, und seitdem hat er sich zweifellos aufs behaglichste in seinem schmutzigen Nest eingerichtet.«

»Aber so viele Fragen bleiben offen, Holmes. Jemand richtete Michael so zu, daß er nur als Schwachsinniger überlebte. Jemand brachte seiner Frau Angela – die wir, wenn ich Sie erinnern darf, noch nicht ausfindig gemacht haben – eine entsetzliche Narbe bei.«

»Alles zu seiner Zeit, Watson, alles zu seiner Zeit.«

Der selbstsichere Tonfall, in dem Holmes das sagte, trug nur noch weiter zu meiner Verwirrung bei.

»Michael weigerte sich, bei Kleins erpresserischen Plänen die ihm zugedachte Rolle zu spielen, und Sie können sicher sein, das beklagenswerte Schicksal der beiden rührt von Kleins Zorn über diese Weigerung her. Zweifellos war es Klein, der Michael so zusammenschlug, daß sein Verstand dabei Schaden nahm. Weniger offensichtlich ist, wie Angela zu ihrer Narbe kam, aber ich nehme an, sie eilte Michael zu Hilfe.«

In diesem Augenblick gelangten wir an eine lichtere Stelle im Nebel, und wir sahen das Tor zur Leichenhalle vor uns. Mir schauderte. »Und Sie haben wirklich vor, den Leichnam des armen Mädchens zum ›Angel and Crown‹ zu bringen, Holmes?«

»Wohl kaum, Watson«, sagte er abwesend.

»Aber Sie wollten doch Klein dem gegenüberstellen, was er angerichtet hat.«

»Und das werden wir auch, das verspreche ich Ihnen.«

Ich schüttelte den Kopf und folgte Holmes durch die Leichenhalle ins Armenhaus, und wir fanden Dr. Murray eben dabei, das blaue Auge eines Mannes zu versorgen, das dieser wahrscheinlich zusammen mit seinem Bier in einem Gasthaus erworben hatte.

»Ist Michael Osbourne hier?« fragte Holmes.

Dr. Murray sah elend aus. Überarbeitung und die undankbare Aufgabe, den Mittellosen zu helfen, hatten ihre Spuren hinterlassen. »Vor kurzer Zeit noch«, sagte er, »hätte mir dieser Name nichts gesagt –«

»Bitte, Dr. Murray«, unterbrach Holmes ihn, »Eile ist geboten. Wir müssen ihn mitnehmen.«

»Heute abend? Jetzt gleich?«

»Gewisse Dinge sind ins Rollen gekommen, Doktor. Noch vor Sonnenaufgang wird der Ripper zur Strecke gebracht sein. Und wir müssen mit dem Monstrum abrechnen, das für das Blutbad in Whitechapel verantwortlich ist.«

Dr. Murray war ebenso verblüfft wie ich. »Das verstehe ich nicht, Sir. Wollen Sie damit sagen, der Ripper ist selbst nur das Werkzeug eines noch größeren Unholdes?«

»In gewissem Sinne ja. Hat Inspektor Lestrade sich heute schon hier blicken lassen?«

»Vor einer Stunde war er hier. Er wird irgendwo draußen im Nebel sein.«

»Falls er noch einmal hier auftaucht, sagen Sie ihm, er soll uns ins ›Angel and Crown‹ nachkommen.«

»Aber warum soll Michael Osbourne unbedingt dabeisein?«

»Ich will ihn seiner Frau gegenüberstellen«, sagte Holmes ungeduldig. »Und nun sagen Sie mir, wo er ist. Wir verlieren wertvolle Zeit!«

»Sie werden ihn in der Kammer am Ende der Leichenhalle finden. Dort hat er sein Lager.«

Wir fanden den Schwachsinnigen am angegebenen Ort, und mit einem sanften Rütteln weckte Holmes ihn. »Angela wartet auf dich«, sagte er.

Keinerlei Verständnis glomm in den leeren Augen; doch vertrauensselig wie ein Kind trat er mit uns hinaus in den Nebel. Dieser war nun so dicht geworden, daß wir uns nur mit Holmes' Instinkt, der dem eines Spürhundes glich, orientieren konnten. Und so sinister war die Atmosphäre Londons an jenem Abend, daß ich beinahe jeden Augenblick damit rechnete, einen Messerstich zwischen die Rippen zu bekommen.

Aber meine Neugier war ungebrochen. Ich riskierte eine Frage. »Ich nehme an, Holmes, Sie rechnen damit, Angela Osbourne im ›Angel and Crown‹ zu finden?«

»Dessen bin ich mir sicher.«

»Aber was wollen Sie damit bezwecken, daß Sie ihr Michael gegenüberstellen?«

»Die Frau würde sich vielleicht sonst weigern zu sprechen. Ich rechne mit einer gewissen Schockwirkung, wenn sie sich so unerwartet ihrem Ehemann gegenübersieht.«

»Ich verstehe«, sagte ich, auch wenn ich eigentlich recht wenig verstand, und schwieg dann wieder.

Schließlich vernahm ich das Geräusch einer Hand, die auf Holz klopfte, und ich hörte, wie Holmes sagte: »Da wären wir, Watson. Und nun auf die Suche.«

Das schwache Leuchten eines Fensters sagte mir, daß es sich um irgendeine Art von Behausung handeln mußte. Ich fragte: »War das die Haustüre, an die Sie da geklopft haben?«

»Allerdings; aber wir müssen nach einem Seiteneingang suchen. Ich möchte ungesehen in die oberen Räume gelangen.«

Wir tasteten uns um die Ecke, die Wand entlang. Dann kam ein Lüftchen auf, und der Nebel lichtete sich. Holmes war so klug gewesen, sich bei Dr. Murray eine Blendlaterne zu leihen. Unterwegs hatte er sie nicht verwendet, denn sie hätte leicht die Aufmerksamkeit von Straßenräubern auf uns lenken können. Nun leistete sie uns gute Dienste, und wir fanden eine Hintertür, die offenbar bei der Anlieferung von Schnaps und Bierfässern benutzt wurde. Holmes lehnte sich gegen die Tür und langte hinein. »Diese Tür ist erst vor kurzem aufgebrochen worden«, sagte er; dann schlichen wir uns ins Haus.

Wir befanden uns in einem Lagerraum. Dumpf drang der Lärm aus der Schankstube herüber, doch unser Eindringen war offenbar nicht bemerkt worden. Bald hatte Holmes eine Leiter gefunden, die zum ersten

Stock hinaufführte. Wir kletterten vorsichtig nach oben, krochen durch eine Falltür und fanden uns am Ende eines schwach erleuchteten Korridors.

»Warten Sie hier mit Michael«, flüsterte Holmes. Er blieb nicht lange weg. »Kommen Sie!«

Wir folgten ihm zu einer verschlossenen Tür; ein Lichtstreifen fiel auf unsere Schuhspitzen. Holmes drückte uns an die Wand zurück und klopfte an. Man hörte rasche Schritte im Zimmer. Die Tür öffnete sich, und eine weibliche Stimme fragte: »Tommy?«

Holmes' Hand schoß vor wie eine Schlange und preßte sich an ein verhülltes Gesicht. »Schreien Sie nicht, Madam«, sagte er flüsternd, aber bestimmt. »Wir wollen Ihnen nichts Böses. Aber wir müssen mit Ihnen sprechen.«

Vorsichtig lockerte Holmes den Druck seiner Hand. Die, wie man sich denken kann, ängstliche Frauenstimme fragte: »Wer sind Sie?«

»Ich bin Sherlock Holmes. Ich habe Ihren Mann mitgebracht.«

Ein unterdrückter Schreckensschrei war zu hören. »Sie haben Michael – hierher gebracht? In Gottes Namen, warum?«

»Es schien mir angebracht zu sein.«

Holmes betrat das Zimmer und gab mir einen Wink, ihm zu folgen. Ich nahm Michael am Arm und ging ebenfalls hinein.

Im Zimmer brannten zwei Petroleumlampen, und in diesem Licht sah ich eine Frau mit einem feinen Schleier, der jedoch eine entsetzliche Narbe nicht verbergen konnte. Ohne Zweifel hatte ich Angela Osbourne vor mir.

Als sie den Schwachsinnigen – ihren Mann – sah, umklammerte sie die Lehnen des Sessels, in den sie sich gesetzt hatte, und erhob sich halb. Doch dann fiel sie zurück und saß steif wie eine Tote da, die Hände fest verschränkt.

»Er erkennt mich nicht«, murmelte sie verzweifelt.

Michael Osbourne stand reglos neben mir und sah sie mit leeren Augen an.

»Wie Sie sehr wohl wissen, Madam«, sagte Holmes. »Aber unsere Zeit ist knapp. Sie müssen reden. Wir wissen, daß Klein für den Zustand Ihres Mannes verantwortlich ist, ebenso für Ihr entstelltes Gesicht. Erzählen Sie mir, was in Paris vorgefallen ist.«

Die Frau rang die Hände. »Ich werde keine Zeit mit dem Versuch verschwenden, mein Verhalten zu entschuldigen, Sir. Es gibt keine Entschuldigung dafür. Sie werden vielleicht verstehen, daß ich anders bin als die armen Mädchen unten im Gasthaus, die ihrem schändlichen Beruf aus Armut und Unwissenheit nachgehen. Es ist die Schuld dieser Bestie Max Klein, daß ich zu dem geworden bin, was ich bin.

Sie wollen wissen, was in Paris vorfiel. Ich fuhr dorthin, weil Max eine Liaison mit einem reichen französischen Kaufmann für mich arrangiert hatte. Während ich dort war, lernte ich Michael Osbourne kennen, und er verliebte sich in mich. Glauben Sie mir, Sir, ich hatte nicht die geringste Absicht, ihm Schande zu bereiten; aber als Max Klein in Paris eintraf, sah er seine Chance, aus der Verwirrung des Jungen Nutzen zu ziehen. Unsere Heirat war die erste Stufe seines Planes, und er zwang mich, Michael zu umgarnen. Wir heirateten, obwohl ich Max unter Tränen bat, davon abzulassen.

Nachdem er Michael nun ganz in der Hand hatte, stellte Max seine Falle auf. Erpressung von der plumpesten Art, Mr. Holmes. Er werde, eröffnete er uns, den Herzog von Shires mit den Fakten bekannt machen und ihm androhen, den wahren Charakter der Frau seines Sohnes zu entlarven; er wolle mich der ganzen Welt zur Schau stellen, es sei denn, der Herzog zahle, was er verlange.«

»Doch daraus wurde nichts«, sagte Holmes mit funkelnden Augen.

»Nein. Michael zeigte mehr Rückgrat, als Max erwartet hatte. Er drohte damit, ihn zu töten, und er versuchte es sogar. Es war entsetzlich! Michael hatte keine Chance gegen Max mit seinen Bullenkräften. Mit einem Schlag hatte er ihn niedergestreckt. Doch dann packte Max die Wut; die schiere Gewalttätigkeit, die in seiner Natur steckt, kam zu Vorschein, und er schlug Michael so entsetzlich zusammen, daß er zu dem wurde, was er heute ist. Er hätte ihn wohl totgeschlagen, hätte ich mich nicht dazwischengeworfen. Max nahm ein Tafelmesser, und Sie sehen, wie er mich damit zugerichtet hat. Seine Wut verflog gerade noch rechtzeitig, sonst wäre ein Doppelmord geschehen.«

»Aber obwohl er Michael zusammenschlug und Sie entstellte, gab er seinen Plan nicht auf?«

»Nein, Mr. Holmes. Hätte er aufgegeben, dann hätte Max uns in Paris gelassen, da bin ich sicher. Statt dessen brachte er uns hierher zurück nach Whitechapel und erwarb mit der beträchtlichen Summe, die er Michael gestohlen hatte, dieses Gasthaus.«

»Das Geld dafür stammte also nicht aus Erpressungen?«

»Nein. Der Herzog von Shires war großzügig zu Michael, bevor er ihn verstieß. Max nahm Michael jeden Penny, den er hatte. Dann sperrte er uns hier im ›Angel and Crown‹ ein und hatte zweifellos vor, seine infamen Pläne weiterzuverfolgen – wie immer sie aussehen mochten.«

»Sie sagten, er habe Sie zurück nach Whitechapel gebracht, Mrs. Osbourne«, warf Holmes ein. »Stammt Klein denn von hier?«

»Oh ja, er ist hier geboren. Er kennt jede Straße und jede Gasse hier. Er ist im ganzen Viertel gefürchtet. Nur die wenigsten wagen, sich gegenüber ihm etwas herauszunehmen.«

»Wissen Sie, welche Pläne er hatte?«

»Erpressung zweifellos. Aber irgend etwas kam ihm in die Quere; ich habe nie herausgefunden, was es war. Und dann kam Max eines Morgens in furchtbar übermütiger Stimmung zu mir. Er sagte, er sei ein gemachter Mann, er brauche Michael nicht mehr und werde ihn beseitigen. Ich bat um Gnade für ihn. Vielleicht habe ich einen Funken Menschlichkeit in seinem Herzen gerührt, jedenfalls war er mir gefällig, wie er es ausdrückte, und brachte ihn in Dr. Murrays Armenhaus; er wußte ja, daß Michael das Gedächtnis verloren hatte.«

»Und dieser glückliche Umstand, der Klein in solche Hochstimmung versetzte, Mrs. Osbourne – worum ging es dabei?«

»Ich habe es nie erfahren. Ich fragte ihn, ob der Herzog von Shires bereit gewesen sei, ihm eine große Summe zu zahlen. Doch er schlug mich nur und befahl mir, mich um meine eigenen Angelegenheiten zu kümmern.«

»Und seither sind Sie eine Gefangene?«

»Eine freiwillige Gefangene, Mr. Holmes. Es ist wahr, Max hat mir verboten, dieses Zimmer zu verlassen, doch in Wirklichkeit ist mein entstelltes Gesicht der Wärter meines Gefängnisses.« Hinter ihrem Schleier schlug die Frau die Augen nieder. »Das ist alles, was ich Ihnen sagen kann, Sir.«

»Nicht ganz, Madam!«

»Was soll es sonst noch geben?« sagte sie.

»Es bleibt die Frage des Operationsbesteckes. Und die einer anonymen Mitteilung, die Lord Carfax den Aufenthaltsort seines Bruders Michael verriet.«

»Sir, ich weiß nicht, wovon Sie –« setzte sie an.

»Bitte weichen Sie mir nicht aus, Madam. Ich muß alles wissen.«

»Es ist wohl unmöglich, vor Ihnen ein Geheimnis zu verbergen!« rief Angela Osbourne. »Was sind Sie, ein Mensch oder ein Teufel? Wenn Max von all dem etwas erführe, würde er nicht zögern, mich umzubringen!«

»Wir sind Ihre Freunde, Madam. Von uns wird er nichts erfahren. Wie fanden Sie heraus, daß das Kästchen bei Joseph Beck versetzt worden war?«

»Ich habe einen Freund, der sein Leben riskiert, um mich hier zu besuchen; er leistet mir Gesellschaft und macht Besorgungen für mich.«

»Zweifellos der ›Tommy‹, den Sie erwarteten, als ich an die Tür klopfte?«

»Bitte ziehen Sie ihn da nicht mit hinein, Mr. Holmes, ich flehe Sie an!«

»Dazu habe ich keinen Grund. Aber ich möchte mehr über ihn wissen.«

»Tommy hilft bisweilen im Armenhaus in der Montague Street aus.«

»Auf Ihre Veranlassung?«

»Ja; ich wollte wissen, wie es Michael geht. Nachdem Max ihn ins Armenhaus gebracht hatte, schlich ich mich eines Abends unter Lebensgefahr hinaus und gab den Brief an Lord Carfax auf. Wenigstens das, dachte ich, war ich Michael schuldig. Ich war sicher, daß Max es niemals erfahren würde, denn da Michael das Gedächtnis verloren hatte, schien es für Lord Carfax keine Möglichkeit zu geben, uns zu finden.«

»Und das Operationsbesteck?«

»Tommy hörte, wie Sally Young Dr. Murray vorschlug, es zu versetzen. Mir kam der Gedanke, daß man mit diesem Mittel Sie, Mr. Holmes, dazu bringen könnte, Ihre Talente für die Jagd nach Jack the Ripper einzusetzen. Ich schlich mich ein weiteres Mal hinaus, löste den Kasten aus und schickte ihn an Ihre Adresse.«

»Sie behielten das Seziermesser mit Absicht zurück?«

»Ja. Ich hatte keinen Zweifel, daß Sie den Wink verstehen würden. Als keinerlei Nachricht kam, daß Sie an der Aufklärung des Falles arbeiteten, verzweifelte ich und schickte Ihnen auch das fehlende Skalpell.«

Holmes lehnte sich vor, seine Adlerzüge zum äußersten gespannt. »Madam, wann sind Sie zu dem Schluß gekommen, daß Max Klein der Ripper ist?«

Angela Osbourne fuhr mit den Händen an ihren Schleier und stöhnte. »Ach, ich weiß es nicht, ich weiß es nicht!«

»Warum folgerten Sie, er müsse das Monstrum sein?« fragte Holmes erbarmungslos.

»Die Art dieser Verbrechen! Ich kann mir nicht vorstellen, daß irgend jemand außer Max solche Greueltaten verüben kann. Sein Jähzorn. Seine furchtbaren Wutanfälle . . .«

Das sollte das letzte sein, was wir von Angela Osbourne zu hören bekamen. Die Tür flog auf, und Max Klein stürmte ins Zimmer. Sein Gesicht war von einer unheiligen Leidenschaft verzerrt, die er, wie es schien, kaum noch unter Kontrolle halten konnte. Er hatte die Hand am Abzug seiner Pistole.

»Wenn einer von euch auch nur einen Finger rührt«, brüllte er, »puste ich euch beide in die Hölle!«

Es war nicht zu bezweifeln, daß es ihm ernst damit war.

Der Spürhund setzt sich zur Ruhe

Die Türglocke erklang.
Ellery kümmerte sich nicht darum.
Es schellte zum zweiten Mal.
Er las weiter.
Ein drittes Mal.
Er las das Kapitel zu Ende.

Als er endlich zur Tür kam, hatte sein Besucher es aufgegeben und war gegangen. Vorher allerdings hatte er ein Telegramm unter der Eingangstür durchgeschoben.

TEURER FREUND GEDANKENSTRICH AUF DER JAGD NACH DEM DORN FAND DEIN SPÜRHUND EINE ROSE STOP DIE JAGD IST AUS STOP SIE HEISST RACHEL HAGER DOCH KEIN NAME KANN SIE BESCHREIBEN STOP STOLZ SCHWILLT DIE BRUST DOPPELPUNKT SIE GING NUR ZU JENER PARTY UM MICH DORT ZU SEHEN STOP EHESCHLIESSUNG NÄCHSTER SCHRITT STOP WIR WOLLEN KINDER STOP SEI GEGRÜSST VON UNS BEIDEN STOP

GRANT

»Gott sei Dank«, sagte Ellery laut, »den bin ich los.« Dann kehrte er zurück zu Sherlock Holmes.

Elftes Kapitel: Fegefeuer

Ich glaube, Holmes hätte sich durch Kleins Pistole nicht einschüchtern lassen, wäre nicht unmittelbar nach dem Besitzer des ›Angel and Crown‹ ein Mann in Mrs. Osbournes Zimmer getreten, in dem ich einen der Schläger wiedererkannte, die Holmes und mich überfallen hatten. Nachdem er nun zwei Pistolenläufe auf sich gerichtet sah, zog Holmes es vor, sich zurückzuhalten.

Max Kleins Wut wandelte sich zu satanischer Genugtuung. »Schnür sie zusammen«, schnauzte er seinen Adlatus an. »Und wer Widerstand leistet, kriegt eine Kugel in den Kopf.«

Ich mußte hilflos mit ansehen, wie der Schläger die Schnüre von den Vorhängen riß und mit wenigen Handgriffen Holmes' Hände hinter seinem Rücken zusammenband. Mir wurde die gleiche Behandlung zuteil, und auf Kleins Anweisung ging es noch weiter.

»Setz unseren guten Doktor auf den Stuhl da, und bind ihm die Beine dran fest.« Es war mir unverständlich, warum Klein in mir eine größere Gefahr sehen sollte als in Holmes. Der wenige Mut, den ich habe, wird noch gedämpft durch ein tiefes Verlangen in mir, die volle Zahl an Jahren auf Erden zu weilen, die der Allmächtige mir zugemessen hat.

Während sein Diener noch die Knoten band, wandte Klein sich Holmes zu. »Dachten Sie wirklich, Sie könnten unbemerkt in mein Haus eindringen, Mr. Holmes?«

Holmes antwortete in aller Ruhe: »Ich bin neugierig, wie Sie auf unser Eindringen aufmerksam geworden sind.«

»Einer meiner Männer wollte ein paar leere Fässer nach draußen rollen«, entgegnete Klein mit einem bissigen Lachen. »Nicht gerade spektakulär, Mr. Holmes, das gebe ich zu. Aber ich hab' Sie trotzdem zu guter Letzt erwischt.«

»Mich erwischen, wie Sie das ausdrücken, Klein, und mich festhalten, das sind wohl zwei verschiedene Paar Stiefel«, sagte Holmes.

Es war für mich offensichtlich, daß er Zeit zu schinden versuchte. Aber er hatte keinen Erfolg damit. Klein überprüfte meine Fesseln, war zufrieden und sagte: »Sie kommen mit, Mr. Holmes. Wir beide werden uns privat unterhalten. Und falls Sie sich Hilfe von unten erhoffen, dann muß ich Sie enttäuschen. Ich habe den Laden geräumt; alles ist verriegelt und verschlossen.«

Der Schläger wies mit besorgter Miene auf Angela Osbourne. »Könn' wir 'n das riskier'n, daß wir den Kerl da bei der lassen? Die bind't 'n vielleicht los.«

»Das würde sie nicht wagen«, sagte Klein und brach von neuem in Lachen aus. »Jedenfalls nicht, wenn sie weiß, was gut für sie ist. Und sie hängt ja noch an ihrem erbärmlichen Leben.«

Zu meinem Leidwesen erwies sich seine Einschätzung als zutreffend. Holmes und Michael Osbourne wurden weggezerrt, und Angela Osbourne war taub gegen jegliche Bitte. Alles Drängen, alle Beredsamkeit, die ich nur aufbringen konnte, nützten nichts – sie starrte mich verzweifelt an und jammerte: »Oh, das darf ich nicht, das darf ich nicht.«

So verstrichen einige der längsten Minuten meines Lebens; ich konnte mich nur gegen meine Fesseln stemmen und mir sagen, Holmes werde schon noch alles in Ordnung bringen.

Und dann kam der schlimmste Augenblick von allen.

Die Tür öffnete sich.

Der Stuhl, an den ich gefesselt war, stand in einem solchen Winkel zum Eingang, daß es mir unmöglich war, den Eintretenden zu erkennen; Angela Osbourne jedoch sah von ihrem Platz aus die Tür. Ihr Gesichtsausdruck war für mich der einzige Hinweis, was ich zu erwarten hatte.

Sie sprang aus dem Sessel auf. Dabei verrutschte ihr Schleier, und ich sah die Narbe, von der sie gezeichnet war, in aller Deutlichkeit. Jeder Muskel meines Leibes zog sich angesichts der unaussprechlichen Entstellung zusammen, die Max Klein ihr zugefügt hatte; was mich noch mehr entsetzte, war jedoch der wilde Ausdruck, mit dem sie den Eindringling ansah, der in der Tür stand. Dann fand sie ihre Stimme. »Der Ripper! O Gott im Himmel! Es ist Jack the Ripper!«

Und doch war – ich muß es zu meiner Schande gestehen – meine erste Reaktion Erleichterung. Der Mann war nun eingetreten, so daß auch ich ihn sehen konnte, und als ich die schlanke, aristokratische Gestalt mit ihrem Zylinder, dem tadellosen Abendanzug und dem Umhang erkannte, rief ich dankbar: »Lord Carfax! Sie schickt uns der Himmel!«

Doch schon in der nächsten Sekunde dämmerte mir die entsetzliche Wahrheit, als ich das blitzende Messer in seiner Hand sah. Einen Augenblick lang sah er zu mir herüber, doch er schien mich nicht zu erkennen. Und mir offenbarte sich der Wahnsinn in jenen noblen Zügen, die unersättliche Mordgier der wilden Bestie.

Angela Osbourne war zu keinem weiteren Entsetzensschrei mehr fähig. Vor Schrecken starr saß sie da, während der aristokratische Ripper sich auf sie warf und ihr binnen Sekunden die Kleider vom Leibe riß. Sie konnte eben noch ein Gebet hauchen, bevor Lord Carfax ihr das Messer in die entblößte Brust stieß. Von seinen ungeschickten Versuchen, den Körper zu öffnen, will ich lieber schweigen; es sei nur gesagt, daß sie längst nicht mit der Fertigkeit seiner früheren Verstümmelungen ausgeführt wurden, zweifellos, weil die Zeit knapp war.

Der Leichnam Angela Osbournes sank blutüberströmt zu Boden, und der Wahnsinnige ergriff nun eine der Petroleumlampen und löschte die Flamme. Er entfernte den Docht und goß das Petroleum aus; seine Absicht war nur zu deutlich. Wie ein Dämon der Hölle sprang er von einem Ende des Zimmers zum anderen, und eine Kerosinspur zeichnete seinen Weg; dann lief er hinaus auf den Korridor, von wo er bald mit der ausgegossenen Lampe zurückkehrte. Er warf sie zu Boden, und sie zersprang in tausend Scherben.

Dann nahm er die zweite Lampe und entzündete damit das Öl zu seinen Füßen.

Seltsamerweise ergriff er nicht die Flucht. Selbst in jenem Augenblick, dem schlimmsten meines Lebens, wunderte ich mich darüber. Sein Größenwahn sollte mir zur Rettung und ihm zum Verderben werden. Als die Flammen aufloderten und entlang der Petroleumspur hinaus in den Korridor liefen, stürzte er sich auf mich. Ich schloß die Augen und empfahl meine Seele ihrem Schöpfer. Zu meiner Verblüffung ging er jedoch mit seinem Messer nicht auf mich los, sondern zerschnitt meine Fesseln.

Mit irrem Blick zerrte er mich hoch und schleppte mich durch die Flammen zum nächstgelegenen Fenster. Ich wollte mich wehren, doch mit der ungeheuren Kraft des Wahnsinnigen warf er mich brutal gegen das Fenster, daß die Scheiben zersprangen.

Und dann brüllte er jene Worte, die seither unablässig durch meine Alpträume hallen.

»Verkünden Sie es aller Welt, Dr. Watson!« rief er. »Sagen Sie es ihnen – Lord Carfax ist Jack the Ripper!«

Und damit schleuderte er mich durch das Fenster. Meine Kleider hatten Feuer gefangen, und ich erinnere mich, daß ich, so lächerlich das war, versuchte, die Flammen auszuschlagen, während ich ein Stockwerk tief auf die Straße fiel. Mit Macht schlug ich auf das Pflaster, mir war, als hörte ich jemanden laufen, und dann schwanden mir – welch eine Gnade – die Sinne.

Ich wußte von nichts mehr.

Zwölftes Kapitel: Das Ende des Rippers

Das erste, was ich sah, als ich wieder zu mir kam, war das Gesicht Rudyards, jenes Freundes, der meine Praxis als Stellvertreter übernommen hatte. Ich befand mich in meinem Zimmer in der Baker Street.

»Das wäre beinahe schiefgegangen, Watson«, sagte er und fühlte dabei meinen Puls.

Wie die Flut strömten nun die Erinnerungen zurück. »Habe ich lange geschlafen, Rudyard?«

»Gut zwölf Stunden. Ich habe Ihnen ein Schlafmittel gegeben, nachdem man Sie hierher gebracht hatte.«

»Wie steht es um mich?«

»Den Umständen entsprechend ausgezeichnet. Ein gebrochener Knöchel, eine verstauchte Hand, und die Verbrennungen sind zwar sicher schmerzhaft, aber sie sind nicht schwer.«

»Holmes. Was ist aus ihm geworden? Ist er –?«

Rudyard wies auf die andere Seite des Bettes. Dort fand ich Holmes mit ernster Miene sitzen. Er war bleich, doch sonst schien er unverletzt. Ich spürte eine Woge von Dankbarkeit.

»Na, ich muß weiter«, sagte Rudyard. Und zu Holmes: »Sie sorgen dafür, daß er nicht zu lange redet, Mr. Holmes.«

Rudyard verabschiedete sich, kündigte an, er werde zurückkehren, um meine Verbrennungen neu zu verbinden, und schärfte mir noch einmal ein, mich nicht zu überanstrengen. Doch weder Unbequemlichkeit noch

Schmerz konnten meine Neugier zügeln. Holmes ging es, wenn mich nicht alles täuschte, nicht anders, auch wenn er auf meinen Zustand Rücksicht nahm. Also berichtete ich ihm ohne Umschweife, was im Zimmer der armen Angela Osbourne vorgefallen war, nachdem Klein ihn von dort weggebracht hatte.

Holmes nickte, aber ich merkte ihm an, daß er mit einer Entscheidung rang. Schließlich sagte er: »Ich fürchte, alter Freund, das war das letzte Abenteuer, das wir gemeinsam bestanden haben.«

»Warum sagen Sie das?« entgegnete ich, und Verzweiflung überkam mich.

»Weil Ihre liebe Frau Ihr Leben wohl nicht noch einmal einem Stümper wie mir anvertrauen wird.«

»Holmes!« rief ich. »Ich bin doch kein Kind!«

Er schüttelte den Kopf. »Nun sollten Sie aber wieder schlafen.«

»Sie wissen doch genau, daß ich nicht einschlafen kann, bevor ich nicht von Ihnen erfahren habe, wie Sie Klein entkommen sind. Nachdem ich das Schlafmittel erhalten hatte, hatte ich einen Traum, und ich sah Ihren geschundenen Leichnam . . .«

Mir schauderte, und er legte seine Hand auf die meine – ein seltenes Zeichen der Zuneigung. »Meine Chance kam, als das Feuer die Treppe ergriff«, berichtete Holmes. »Klein hatte sich zu seinem Triumph über mich beglückwünscht, und er war eben im Begriff, seine Waffe zu heben, als die Flammen herunterschlugen. Das Haus brannte wie Zunder, und er und sein Scherge kamen im Feuer um. Vom ›Angel and Crown‹ sind nur noch die Mauern übriggeblieben.«

»Aber was war mit Ihnen, Holmes? Wie sind –?«

Holmes lächelte und zuckte mit den Schultern. »Es kam alles darauf an, daß ich meine Fesseln abstreifen konnte«, sagte er. »Sie wissen, wie geschickt ich darin bin. Ich brauchte nur eine Gelegenheit dazu, und die bot mir das Feuer. Michael Osbourne habe ich leider nicht retten können. Dem armen Kerl war der Tod wohl willkommen, und er widersetzte sich meinen Versuchen, ihn nach draußen zu ziehen; er hat sich regelrecht in die Flammen geworfen, und ich war gezwungen, ihn zurückzulassen, um mein eigenes Leben zu retten.«

»Im Grunde ist es ein Segen so«, murmelte ich. »Und Jack the Ripper, diese entsetzliche Bestie?«

Holmes' graue Augen waren von Trauer umwölkt; er schien in Gedanken bei etwas ganz anderem. »Auch Lord Carfax ist umgekommen. Und ich bin sicher, es war sein Wille, wie der seines Bruders auch.«

»Natürlich. Er zog den Feuertod der Schlinge des Henkers vor.«

Noch immer machte Holmes einen abwesenden Eindruck. Mit feierlicher Stimme sagte er: »Watson, wir wollen die Entscheidung eines ehrenwerten Mannes respektieren.«

»Ehrenwerter Mann! Sie scherzen! Ah, ich verstehe – Sie meinen die Zeiten, zu denen er nicht dem Wahn verfallen war. Und der Herzog von Shires?«

Holmes ließ den Kopf hängen. »Auch was den Herzog angeht, habe ich nur schlimme Nachrichten. Er hat sich das Leben genommen.«

»Verstehe. Es war zuviel für ihn, als die entsetzlichen Verbrechen seines Erstgeborenen enthüllt wurden. Wie haben Sie davon erfahren, Holmes?«

»Ich ging von dem brennenden Haus direkt zu seiner Wohnung am Berkeley Square. Lestrade begleitete mich. Aber wir kamen zu spät. Er war bereits über Lord Carfax im Bilde. Er hatte sich in den Stockdegen gestürzt, der in seinem Stock verborgen war.«

»Ein Tod, eines wahren Edelmannes würdig!«

Ich glaube, Holmes nickte zustimmend; er senkte jedenfalls ganz leicht seinen Kopf. Er schien sehr niedergedrückt.

»Ein unbefriedigender Fall, Watson, außerordentlich unbefriedigend«, sagte er. Dann schwieg er.

Ich spürte, daß er gern das Gespräch beenden wollte, aber noch ließ ich es nicht zu. Meinen gebrochenen Knöchel und die Schmerzen meiner Brandwunden hatte ich ganz vergessen.

»Ich weiß nicht, warum Sie das sagen, Holmes. Der Ripper ist tot.«

»Das ist wahr«, sagte er. »Aber nun müssen Sie sich wirklich ausruhen, Watson.« Er machte Anstalten, sich zu erheben.

»Ich werde keine Ruhe finden«, sagte ich listig, »bevor nicht alle Teile des Puzzlespiels an ihrem Platz sind.« Schicksalsergeben ließ er sich wieder zurücksinken. »Selbst ich kann der Kette der letzten Ereignisse folgen, die schließlich zu jenem Feuer führte. Der wahnsinnige Ripper, der sich hinter der philanthropischen Fassade eines Lord Carfax verbarg, kannte weder Identität noch Aufenthaltsort von Angela Osbourne und Max Klein. Habe ich recht?«

Holmes antwortete mir nicht.

»Als Sie sein Versteck fanden«, ließ ich nicht locker, »da wußten Sie schon, um wen es sich handelte, nicht wahr?«

Hier stimmte Holmes mit einem Nicken zu.

»Dann gingen wir zum Armenhaus, und wir sind ihm zwar dort nicht begegnet, aber er sah und hörte uns – oder er kam kurz nach uns dort an und erfuhr vom ›Angel and Crown‹ durch Dr. Murray, der ja keinen Grund hatte, ihm die Information nicht zu geben. Lord

Carfax ging uns nach und fand den Lieferanteneingang ebenso wie wir.«

»Lord Carfax war vor uns dort«, sagte Holmes unvermittelt. »Sie werden sich erinnern, daß wir die Tür bereits aufgebrochen fanden.«

»Ich korrigiere: Er muß eine Möglichkeit gefunden haben, in den nebligen Straßen besser voranzukommen als wir. Angela Osbourne sollte das nächste Opfer werden, und wir überraschten ihn offenbar, als er sich gerade anschlich. Er muß sich in einem Eingang im Flur versteckt gehalten haben, als wir zu Mrs. Osbourne gingen.«

Holmes widersprach mir nicht.

»Als ihm dann klar wurde, daß Sie ihn gestellt hatten, beschloß er, seiner Laufbahn des Schreckens in jenem entsetzlichen Feuersturm ein Ende zu bereiten, so wie sein wahnsinniges Ich es von ihm forderte. Die letzten Worte, die er an mich richtete, waren: ›Verkünden Sie es aller Welt, Dr. Watson! Sagen Sie es ihnen – Lord Carfax ist Jack the Ripper!‹ Nur ein krankhafter Egozentriker hätte so etwas sagen können.«

Holmes richtete sich nun mit Bestimmtheit auf. »Jedenfalls wird Jack the Ripper nicht mehr durch die Gassen streichen, Watson. Und nun haben wir die Anweisungen Ihres Arztes lange genug mißachtet. Ich bestehe darauf, daß Sie jetzt schlafen.«

Mit diesen Worten verließ er mich.

Ein Besuch in der Vergangenheit

Nachdenklich legte Ellery Dr. Watsons Manuskript zur Seite. Er hörte kaum, wie das Türschloß klickte und die Eingangstür sich öffnete und wieder schloß.

Als er aufblickte, sah er seinen Vater in der Tür des Arbeitszimmers stehen.

»Dad!«

»Hallo, Sohn«, sagte der Inspektor mit einem triumphierenden Grinsen. »Ich hab's da unten einfach nicht mehr ausgehalten. Also bin ich zurückgekommen.«

»Willkommen zu Hause.«

»Heißt das, du bist mir nicht böse?«

»Du bist länger weggeblieben, als ich erwartet hatte.«

Der Inspektor trat ein, ließ den Hut zum Sofa hinübersegeln und wandte sich mit erleichterter Miene seinem Sohn zu. Doch binnen kurzem schlug die Erleichterung in Besorgnis um.

»Du siehst entsetzlich aus. Was ist denn los mit dir, Ellery?«

Ellery antwortete nicht.

»Und wie sehe ich aus?« fragte sein Vater listig.

»Verdammt viel besser als an dem Tag, an dem ich dich losgeschickt habe.«

»Und du – bist du sicher, daß mit dir alles in Ordnung ist?«

»Mir geht's gut.«

»Das lasse ich mir nicht erzählen. Kommst du immer noch nicht mit deiner Geschichte zurecht?«

»Doch, der geht's prima. Alles ist prima.«

Doch der alte Herr gab sich nicht zufrieden. Er setzte sich auf das Sofa, schlug die Beine übereinander und sagte: »Erzähl mir alles.«

Ellery zuckte mit den Schultern. »Es war eben mein Fehler, daß ich als Sohn eines Polizisten geboren wurde. Also gut, es gibt etwas zu erzählen. Vergangene und gegenwärtige Ereignisse greifen ineinander. Ein lang geknüpfter Knoten löst sich nun.«

»Sprich Klartext.«

»Grant Ames ist hier eingefallen.«

»Das sagtest du schon.«

»Das Manuskript hat mich mitgerissen. Eins führte zum anderen. Und nun sitze ich hier.«

»Ich habe keine Ahnung, wovon du redest.«

Ellery seufzte. »Dann muß ich dir wohl alles von Anfang an erzählen.«

Und er erzählte eine lange Zeit.

»So stehen die Dinge also, Dad. Sie ist voll und ganz von seiner Unschuld überzeugt. Ihr Leben lang hat sie diesen Gedanken in sich getragen. Wahrscheinlich wußte sie nicht, was sie tun sollte, bis ihr im hohen Alter plötzlich die Eingebung kam, mich da hineinzuziehen. Eine Eingebung!«

»Und was machst du nun?«

»Ich hatte gerade beschlossen, sie zu besuchen, als du hier hereinspaziert kamst.«

»Recht so!« Inspektor Queen erhob sich und nahm Ellery das Tagebuch aus der Hand. »So wie ich das sehe, hast du da gar keine andere Wahl, Junge. Schließlich hat sie dich darum gebeten.«

Ellery rappelte sich auf. »Du kannst ja das Manuskript lesen, während ich weg bin.«

»Genau das werde ich tun.«

Er fuhr in Richtung Norden, nach Westchester hinein, und nahm die Schnellstraße 22, bis er nach Somers kam. Vorbei ging es an dem hölzernen Elefanten an der zentralen Kreuzung, der daran erinnerte, daß der Zirkus Barnum & Bailey einst hier überwintert hatte. Bei der Fahrt durchs Putnam County gedachte er der Revolutionshelden und hoffte, daß sie alle irgendwo ihren Heldenhimmel gefunden hatten.

Aber dieses waren nur flüchtige Gedanken. Was ihn wirklich beschäftigte, war die alte Dame, die er am Ziel seiner Reise finden würde, kein angenehmer Gedanke.

Schließlich bog er bei einem schmucken kleinen Häuschen in eine Einfahrt ein, die wie die eines Puppenhauses wirkte, stieg aus und begab sich widerstrebend zur Eingangstür. Auf sein Klopfen öffnete sie sich sofort, als hätte die alte Dame dahinter bereits auf ihn gelauert. Ein wenig hatte er gehofft, sie sei vielleicht nicht zu Hause.

»Sie müssen Deborah Osbourne Spain sein«, sagte er und blickte zu ihr herab. »Hallo.«

Natürlich war sie sehr alt; nach seinen Berechnungen mußte sie in den späten Achtzigern sein. Das Manuskript hatte nur ungefähr vermittelt, wie alt sie an jenem Tag gewesen sein mochte, an dem Holmes und Watson Shires Castle ihren Besuch abgestattet hatten. Sie konnte gut neunzig sein.

Wie so viele uralte Damen, besonders die kleinen, rundlichen, hatte sie etwas von einem verschrumpelten Apfel an sich, und die Bäckchen waren noch hübsch gerötet. Für ihre Größe war die Brust mächtig – sie hatte sich gesenkt, als sei sie ihres Gewichtes müde geworden. Nur die Augen strahlten Jugend aus. Sie waren hell und klar und konnten wohl gar nicht anders als strahlen.

»Kommen Sie herein, Mr. Queen.«

»Wollen Sie mich nicht Ellery nennen, Mrs. Spain?«

»Das ist etwas, woran ich mich nie so richtig gewöhnt habe«, sagte sie, während sie ihn in ein anheimelndes kleines Wohnzimmer führte, so viktorianisch, dachte Ellery, wie die Tournüre unter dem Kleid Königin Victorias. Es war, als sei er mit einem Schritt ins England des neunzehnten Jahrhunderts geraten. »Diese amerikanische Art, gleich mit jemandem vertraut zu sein, meine ich. Aber wenn Sie es so wünschen – Ellery; nehmen Sie in dem Lehnstuhl dort Platz, bitte.«

»Ich wünsche es so.« Er setzte sich und sah sich um. »Wie ich sehe, haben Sie sich Ihren Stil bewahrt.«

Sie setzte sich in einen Ohrensessel, in dem sie ganz verloren wirkte. »Was bleibt einer alten Engländerin sonst schon?« sagte sie mit einem Anflug von Lächeln. »Ich weiß – für Sie muß das entsetzlich anglophil klingen. Aber es ist so schwer, sich von seinen Wurzeln zu lösen. Eigentlich geht es mir sehr gut hier. Ab und zu fahre ich zu Rachel nach New Rochelle und bewundere ihre Rosen, und dann habe ich alles, was ich brauche.«

»Es war also Rachel.«

»In der Tat. Ich hatte sie darum gebeten.«

»Und Miss Hager ist –?«

»Meine Enkelin. Darf ich Ihnen einen Tee anbieten?«

»Im Augenblick noch nicht, wenn es Ihnen recht ist, Mrs. Spain«, sagte Ellery. »Ich quelle über vor Fragen. Doch zunächst einmal –« – er saß auf der Vorderkante des Sessels, um den spitzenbesetzten Sesselschoner nicht zu berühren – »Sie haben ihn gesehen. Sie haben sie beide kennengelernt. Holmes. Watson. Wie ich Sie darum beneide!«

Deborah Osbourne Spain schaute weit in die Vergangenheit zurück. »Das ist schon so lange her. Doch ich erinnere mich an sie, natürlich. An Mr. Holmes' Augen, scharf wie ein Rasiermesser. Und er war so zurückhaltend. Ich bin sicher, es war ihm peinlich, als ich meine Hand in die seine legte. Doch er war so freundlich. Beide waren sie solche Gentlemen. Das vor allen Dingen. Zu jenen Zeiten, Ellery, war es von Bedeutung, daß man ein Gentleman war. Natürlich war ich damals noch ein kleines Mädchen, und in meiner Erinnerung sind sie Riesen, die in den Himmel ragten. Und das waren sie in gewissem Sinne ja wohl auch.«

»Darf ich fragen, wie Sie in den Besitz des Manuskriptes gekommen sind?«

»Nachdem Dr. Watson es abgeschlossen hatte, übergab Mr. Holmes das Tagebuch der Familie Osbourne. Er vertraute es unserem Familienanwalt an, dieser guten Seele. Mit welcher Treue er meine Interessen vertreten hat! Kurz vor seinem Tode, als ich herangewachsen war, berichtete er mir von diesem Manuskript. Ich bat ihn, es mir zu geben, und er schickte es mir. Dobbs war sein Name, Alfred Dobbs. Ich denke so oft an ihn.«

»Warum haben Sie so lange gezögert, Mrs. Spain, bevor Sie den Schritt taten, den Sie nun getan haben?«

»Nennen Sie mich doch bitte Grandma Deborah. Das tun alle hier.«

»Grandma Deborah, gern.«

»Ich weiß auch nicht, warum ich so lange gewartet habe«, sagte die alte Dame. »Die Idee, einen Experten zu bitten, daß er mir meine Überzeugung bestätigt, hat nie in meinen Gedanken Gestalt angenommen, auch wenn sie mit Sicherheit schon lange da ist. In letzter Zeit überkommt mich ein Gefühl, daß ich mich beeilen muß. Wieviel Lebenszeit kann mir noch bleiben? Und ich möchte in Frieden sterben.«

Die Bitte, die darin mitschwang, ließ Ellery sofort zur Tat schreiten. »Der Grund für Ihre Entscheidung, mir das Manuskript zu schicken, ergibt sich, wie ich annehme, aus diesem Manuskript selbst?«

»So ist es. Inzwischen hat auch Mr. Ames Rachel anvertraut, daß Sie ihn auf die Suche geschickt hatten.«

»Eine Suche«, sagte Ellery lächelnd, »die am Ende vom Erfolg gekrönt war – wenn auch nicht so, wie ich mir das vorgestellt hatte.«

»Gott segne ihn! Mögen sie glücklich werden, alle beide! Ich weiß, er war Ihnen keine Hilfe, Ellery. Aber ich war überzeugt, daß Sie mich finden würden – ebenso mühelos, wie Mr. Holmes den Besitzer des Operationsbesteckes fand. Aber ich wüßte ja doch gern, wie Sie es angestellt haben.«

»Das war ganz elementar, Grandma Deborah. Von Anfang an war klar, daß es sich bei dem Absender um jemanden handeln mußte, der ein persönliches Interesse an diesem Fall hatte. Also rief ich einen Freund an, einen Genealogen. Er hatte schnell herausgefunden, daß Sie von Shires Castle aus in die Obhut eines Zweiges der Familie gekommen waren, der in San Francisco lebt. Ich kannte die Namen von Grants vier jungen Damen, und ich wußte, einer davon würde früher oder später auftauchen. 1906 haben Sie Barney Spain geheiratet, und von da aus gelangte mein Fachmann zur Heirat Ihrer Tochter. Und man sehe und staune – Ihre Tochter heiratete einen Mann namens Hager. Q.e.d.« Sein Lächeln schlug in Besorgnis um. »Sie sind müde. Wir können ein andermal weiterreden.«

»Aber nein! Mir geht's gut.« Die jungen Augen blickten ihn bittend an. »Er war ein wunderbarer Mensch, mein Vater. Freundlich, sanftmütig. Er war kein Monstrum. Mit Sicherheit nicht!«

»Wollen Sie sich nicht doch ein wenig hinlegen?«

»Nein, nicht. Nicht, bevor Sie mir gesagt haben . . .«

»Dann strecken Sie sich in Ihrem Sessel aus, Grandma. Entspannen Sie sich. Und ich erzähle.«

Ellery nahm die faltige Greisenhand, und er begann zu erzählen – er erzählte mit der Standuhr um die Wette, die in der Ecke tickte und mit ihrem Pendel wie mit einem mechanischen Finger die Sekunden vom Antlitz der Zeit wischte.

Die kleine schwache Hand drückte diejenige Ellerys dann und wann. Dann regte sie sich nicht mehr und lag zwischen Ellerys Fingern wie ein herbstliches Blatt.

Nach einer Weile öffnete sich die Flügeltür zum Wohnzimmer, und eine Frau mittleren Alters in einem weißen Hauskleid erschien.

»Sie ist eingeschlafen«, flüsterte Ellery.

Sanft legte er ihr die alte Hand auf die Brust und schlich sich auf Zehenspitzen aus dem Zimmer.

Die Frau begleitete ihn zur Tür. »Mein Name ist Susan Bates. Ich sorge für sie. In letzter Zeit schläft sie immer häufiger so ein.«

Ellery nickte, verließ das Häuschen, setzte sich in seinen Wagen und fuhr zurück nach Manhattan; er fühlte sich selbst sehr erschöpft. Ja, er fühlte sich alt.

Tagebuch zum Fall Jack the Ripper
Schlußbemerkung
12. Januar 1908

Ich verstand Holmes nicht. Ich muß zugeben, ich habe mich, als er für längere Zeit im Ausland weilte, gegen seinen ausdrücklichen Wunsch daran gemacht, meine Aufzeichnungen zum Fall Jack the Ripper in die Form einer Erzählung zu bringen. Zwanzig Jahre sind seitdem vergangen. Seit neun Jahren trägt ein neuer Erbe, ein entfernter Verwandter, den Titel der Shires'. Und zwar, wie ich hinzufügen darf, ein Erbe, der nur einen Bruchteil seiner Zeit in England verbringt und der sich wenig um den Titel und dessen illustre Geschichte kümmert.

Mir schien es jedoch, es sei höchste Zeit, daß die Welt die Wahrheit über den Ripper erfahre, einen Fall, der einen ebenso illustren Rang – falls das der passende Ausdruck ist! – in der Geschichte des Verbrechens einnimmt, und über Holmes' Anstrengungen, der blutigen Herrschaft dieses Ungeheuers über Whitechapel ein Ende zu machen.

Als Holmes zurückkehrte, bemühte ich mich, ihm dieses Thema schmackhaft zu machen, und zwar unter Aufbietung all meiner Überredungskünste. Doch er ist unerschütterlich in seiner Weigerung.

»Nein, Watson, nein, lassen Sie die Toten ruhen. Mit der Veröffentlichung dieser Geschichte tun Sie der Menschheit keinen Gefallen.«

»Aber Holmes! Die ganze Arbeit –«

»Es tut mir leid, Watson. Aber das ist mein letztes Wort in dieser Angelegenheit.«

Ich konnte meinen Ärger nur schwer verbergen. »Dann darf ich Ihnen wohl«, sagte ich, »das Manuskript zum Geschenk machen. Vielleicht können Sie sich einen Fidibus für Ihre Pfeife daraus drehen.«

»Das ist mir eine Ehre, Watson, und es rührt mich«, sagte er in bester Laune. »Erlauben Sie mir, mich zu revanchieren, indem ich Ihnen die Einzelheiten einer kleinen Angelegenheit präsentiere, die ich soeben erfolgreich zum Abschluß gebracht habe. Hier dürfen Sie Ihrem unleugbaren Flair für das Melodrama freien Lauf lassen und das Ganze unverzüglich den Verlegern anbieten. Es handelt sich um die Geschichte eines südamerikanischen Seemanns, der beinahe ein Konsortium europäischer Finanziers mit einem ›authentischen‹ Ei des Vogels Rock hereingelegt hätte. Ich hoffe, *Der Fall des peruanischen Sindbads* wird Ihnen in Ihrer Enttäuschung ein gewisser Trost sein.«

Das also ist der heutige Stand der Dinge.

Ellery entwirrt die Fäden

Ellery kehrte genau im rechten Augenblick zurück. Inspektor Queen hatte eben die Lektüre von Dr. Watsons Ripper-Manuskript abgeschlossen, und aus der Art, wie er auf das Tagebuch starrte, sprach offensichtliche Unzufriedenheit. Dann starrte er Ellery an.

»Holmes hatte recht. Gut, daß es nicht veröffentlicht worden ist.«

»Das Gefühl hatte ich auch.« Ellery ging zur Bar. »Zum Teufel mit Grant! Ich habe vergessen, neuen Scotch kommen zu lassen.«

»Wie war es?«

»Besser als erwartet.«

»Du hast also gelogen wie ein Gentleman. Das macht dir Ehre.«

»Ich habe nicht gelogen.«

»Was?«

»Ich habe nicht gelogen. Ich habe ihr die Wahrheit gesagt.«

»Dann«, sagte Inspektor Queen eisig, »bist du ein Scheusal. Deborah Osbourne hat ihren Vater geliebt, sie hat an ihn geglaubt. Und sie glaubt an dich. Du wirst doch wohl raffiniert genug gewesen sein, um die Wahrheit ein wenig zurechtzubiegen.«

»Das war nicht notwendig.«

»Und warum nicht? Kannst du mir das verraten? Eine arme alte Dame –«

»Weil Lord Carfax nicht Jack the Ripper war, Dad«, sagte Ellery und ließ sich in seinen Drehstuhl fallen. »Ich brauchte nicht zu lügen. Deborahs Vater war kein Ungeheuer. Sie hatte von Anfang an recht. Sie wußte das, ich wußte das –«

»Aber –«

»Und Sherlock Holmes wußte es auch.«

Es trat eine lange Pause ein, während der der Senior zu verarbeiten versuchte, was der Junior ihm da mitgeteilt hatte; es gelang ihm nicht.

»Aber es steht doch alles hier, Ellery!« wandte der Inspektor ein.

»Allerdings.«

»Richard Osbourne, dieser Lord Carfax, mit dem Messer in der Hand, wie er sein letztes Opfer abschlachtet – Watson war doch dabei, ein Augenzeuge! – er hat alles hier aufgeschrieben!«

»Du gehst also, wenn ich es recht verstehe, davon aus, daß Watson ein verläßlicher Berichterstatter war?«

»Ich denke doch. Außerdem hat er es schließlich selbst gesehen.«

Ellery erhob sich, ging zu seinem Vater herüber, nahm sich das Tagebuch und kehrte zu seinem Stuhl zurück. »Aber Watson war auch nur ein Mensch. Er war zu subjektiv. Er sah die Dinge so, wie Holmes wollte, daß er sie sieht. Er berichtete, was Holmes ihm erzählte.«

»Willst du damit sagen, Holmes hätte ihn irregeführt?«

»Genau das will ich sagen. Fragwürdig ist in diesem Fall, daß jedes Wort von seinen Lippen für das Evangelium gehalten wird. Das, was er n i c h t gesagt hat, zählt viel mehr.«

»Meinetwegen. Und was hat er nicht gesagt?«

»Er hat zum Beispiel an keinem Punkt der Geschichte Jack the Ripper mit den Namen Richard Osbourne oder Lord Carfax bezeichnet.«

»Das ist doch Haarspalterei«, schnaufte der Inspektor.

Ellery blätterte in den vergilbten Seiten. »Ist dir denn nicht aufgefallen, daß an diesem Fall einiges nicht zusammenpaßt, Dad? Die Sache mit der Erpressung kam dir doch sicher seltsam vor, oder?«

»Die Erpressung? Laß mich überlegen ...«

»Max Klein, heißt es da, erkannte, welche Möglichkeiten sich ihm als Erpresser boten, wenn er die Ehe zwischen Michael Osbourne und der Dirne Angela einfädelte. Für Klein mußte das einleuchtend klingen, bedenkt man, wie stolz der Herzog von Shires auf seinen Namen war. Doch es wurde nichts daraus. Die Heirat wurde allgemein bekannt.«

»Aber Klein hat doch Angela gegenüber zugegeben, daß sein Plan fehlschlug.«

»Nicht ganz. Was er ihr sagte, nachdem er die beiden nach London zurückgebracht hatte, war, die Ehe spiele für seine Erpressungen keine Rolle mehr. Er hatte ein besseres Druckmittel gefunden. Klein verlor völlig das Interesse an Michael und Angela, als er auf diese neue Waffe gestoßen war, die offenbar mehr Schlagkraft hatte als die Heirat.«

»Aber das Manuskript sagt mit keinem Wort –«

»Wer war Klein, Dad? *Was* war er? Holmes war von Anfang an überzeugt, daß er eine bedeutende Rolle spielte, noch bevor er den Mann überhaupt ausfindig gemacht hatte – das fehlende Glied, wie er ihn nannte. Und als Holmes dann mit Angela zusammentraf, entlockte er ihr die entscheidende Information. Wenn ich sie zum Thema Klein zitieren darf: ›Oh ja, er ist hier geboren. Er kennt jede Straße und jede Gasse hier. Er ist im ganzen Viertel gefürchtet. Nur die wenigsten wagen, sich gegenüber ihm etwas herauszunehmen.‹«

»Und?«

»Und was war das große Geheimnis, hinter das Klein gekommen war?«

»Er wußte, wer Jack the Ripper war«, dämmerte es dem Inspektor allmählich. »Ein Mann wie er, der Whitechapel und seine Bewohner bis ins kleinste kannte –«

»Richtig, Dad. So und nicht anders muß es gewesen sein. Klein wurde reich, als er erst einmal die Identität des Rippers kannte. Und wen erpreßte er?«

»Lord Carfax.«

»Falsch. Du wirst dich doch erinnern, daß Lord Carfax selbst verzweifelt versuchte, Klein und Angela zu finden. Erpresser müssen mit ihren Opfern Kontakt aufnehmen.«

»Vielleicht wußte Carfax die ganze Zeit Bescheid.«

»Und warum hätte er dann nicht schon früher zugeschlagen? Er hat erst in jener Nacht in der Leichenhalle erfahren, daß Klein und Angela im ›Angel and Crown‹ zu finden waren!«

»Doch Carfax' letztes Mordopfer war Angela, nicht Klein.«

»Nur ein weiterer Beweis, daß er nicht das Ziel jener Erpressungen war. Irrtümlich sah er in der Frau seines Bruders die üble Macht, die hinter dem Niedergang des Hauses Osbourne steckte. Deshalb brachte er sie um.«

»Aber solche Beweise genügen doch nicht –«

»Dann finden wir eben weitere. Laß uns Holmes und Watson noch einmal durch jene Nacht folgen. Du weißt ja bereits, was anscheinend geschah. Nun wollen wir herausfinden, wie es wirklich war. Die erste Erkenntnis ist, daß in jener Nacht zwei Männer dem Ripper auf der

Spur waren – Sherlock Holmes und Lord Carfax. Ich bin sicher, Carfax hegte bereits einen Verdacht.«

»Wie kommst du zu der Vermutung, Carfax sei dem Ripper auf der Spur gewesen?«

»Ich bin froh, daß du diese Frage stellst«, sagte Ellery salbungsvoll. »Nachdem Holmes in Madame Leonas Freudenhaus einen Tip bekommen hatte, brach er zur letzten Etappe seiner Suche auf. Er gelangte zusammen mit Watson in jenes Zimmer im Pacquin –«

»Wo Holmes sagte: ›Wenn das die Höhle des Rippers war, dann hat er sich davongemacht.‹«

»Holmes hat nichts dergleichen gesagt. Das war Watson. Holmes rief: ›Jemand ist vor uns hier gewesen!‹ Es liegen Welten zwischen diesen beiden Kommentaren. Die eine Bemerkung ist die eines Träumers, die andere – diejenige, die Holmes anstellte – die eines Mannes, dessen Sinne darauf trainiert waren, einen Schauplatz mit fotografischer Genauigkeit zu erfassen.«

»Das ist ein Argument«, gab Queen senior zu.

»Ein entscheidendes. Und es kommen noch weitere hinzu.«

»Die Tatsache, daß Holmes und Lord Carfax praktisch zur gleichen Zeit auf das Versteck von Jack the Ripper stießen?«

»Auch der Umstand, daß Carfax sah, wie Holmes und Watson am Pacquin ankamen. Er wartete draußen und folgte ihnen dann zur Leichenhalle. Es kann gar nicht anders gewesen sein.«

»Wieso?«

»Aus Lord Carfax' späterem Verhalten wissen wir, daß er an zwei bestimmte Informationen gelangt sein muß: Er brauchte die Identität des Rippers – die erkannte er im Pacquin –, und er mußte wissen, wo Angela und Klein zu finden waren – das konnte er erfahren, indem er das Gespräch in der Leichenhalle belauschte.«

Inspektor Queen erhob sich und griff wiederum nach dem Tagebuch. Er blätterte eine Weile und las dann: »›Und Jack the Ripper, diese entsetzliche Bestie?‹ Das war die Frage, die Watson an Holmes richtete, und dessen Antwort lautete: ›Auch Lord Carfax ist umgekommen –‹ «

»Warte«, sagte Ellery. »Nichts aus dem Zusammenhang reißen. Lies es mir ganz vor.«

»Zitat: ›Holmes' graue Augen waren von Trauer umwölkt; er schien in Gedanken bei etwas ganz anderem. ›Auch Lord Carfax ist umgekommen. Und ich bin sicher, es war sein Wille, wie der seines Bruders auch.‹«

»So ist's besser. Und nun verrate mir eins – würde Sherlock Holmes um Jack the Ripper trauern?«

Inspektor Queen schüttelte den Kopf und las weiter. »›Natürlich. Er zog den Feuertod der Schlinge des Henkers vor.‹«

»Da spricht Watson und nicht Holmes. Was Holmes sagte, war: ›Wir wollen die Entscheidung eines ehrenwerten Mannes respektieren.‹«

»Worauf Watson entgegnete: ›Ehrenwerter Mann! Sie scherzen! Ah, ich verstehe – Sie meinen die Zeiten, zu denen er nicht dem Wahn verfallen war. Und der Herzog von Shires?‹«

»Watson zog aus Holmes' Worten einen irreführenden Schluß. Hören wir Holmes selbst: ›Ich ging von dem brennenden Haus direkt zu seiner – gemeint ist der Herzog – Wohnung am Berkeley Square... Er war bereits über Lord Carfax im Bilde. Er hatte sich in den Degen gestürzt, der in seinem Stock verborgen war.‹«

»Was Watson zu dem Ausruf bewog: ›Ein Tod, eines wahren Edelmannes würdig!‹«

»Wiederum täuschte Watson sich selbst, weil seine Erwartungen ihn Holmes' absichtlich zweideutigen Satz mißverstehen ließen. Verstehst du, Dad, als Holmes im Stadthaus des Herzogs von Shires eintraf, war der Herzog bereits tot. Aber ›er (der Herzog) war bereits über Lord Carfax im Bilde.‹ Wie, frage ich dich, konnte der Herzog ›bereits über Lord Carfax im Bilde‹ sein? Das ist doch eindeutig so zu verstehen, daß der Herzog sich in seinem Versteck im Pacquin aufhielt und Lord Carfax ihn dort stellte; daraufhin kehrte er in sein Haus zurück und brachte sich um.«

»Denn der Herzog war der Ripper! Und sein Sohn, der das wußte, nahm die Schande auf sich, um die Ehre seines Vaters zu retten!«

»Du hast's erfaßt«, sagte Ellery sanft. »Und nun erinnere dich noch einmal der Worte, die Lord Carfax an Watson richtete – er solle aller Welt berichten, e r sei Jack the Ripper gewesen. Er wollte absolut sicher gehen, daß die Schuld auf ihn fiel und nicht auf seinen Vater.«

»Dann war es richtig, was Holmes tat«, murmelte Inspektor Queen. »Er wollte das Opfer des Lord Carfax nicht zunichte machen.«

»Und Deborahs Vertrauen in ihren Vater hat sich nach einem dreiviertel Jahrhundert als gerechtfertigt erwiesen.«

»Donnerwetter!«

Ellery zog Dr. Watsons Tagebuch seinem Vater wieder aus den Händen und schlug die ›Schlußbemerkung‹ auf.

»*Der Fall des peruanischen Sindbads*«, murmelte er. »Ein Ei vom Vogel Rock . . .« Seine Augen funkelten. »Hör mal, Dad, meinst du, Holmes hat Watson damit womöglich schon wieder aufs Kreuz legen wollen?«

Nachwort

Wenigen Gestalten der Weltliteratur ist es beschieden, aus ihrer Welt des schönen Scheins in die Wirklichkeit überzuwechseln und dort Spuren zu hinterlassen: In Dänemark ist Hamlets Schloß zu sehen, in Spanien sind die Windmühlen zu besichtigen, gegen die Don Quijote einst kämpfte, in Kopenhagen wurde Andersens kleiner Meerjungfrau ein Denkmal errichtet, und im niederländischen Delfzijl, wo Maigret im September 1929 im Kopf von Georges Simenon an Bord eines Schiffes Gestalt annahm, steht seit 1966 eine Statue des Kommissars.

Keiner Gestalt war diese Materialisation jedoch so schnell vergönnt wie Arthur Conan Doyles Sherlock Holmes. 1887 erschien in »Beeton's Christmas Annual« »A Study in Scarlet« – der Titel spielt auf die Bildbezeichnungen des Malers William Turner an –, bald darauf wurde eine Separatausgabe dieses Kurzromans publiziert, in dem Holmes und sein treuer Begleiter und Chronist Watson debütierten. Das Aufsehen, das sie erregten, war nicht groß – deshalb zählen heute die beiden Werke zu den größten Kostbarkeiten für Sammler; von der Erstausgabe des Separatdrucks sind nur vier Exemplare bekannt. Nicht viel erfolgreicher war der zweite sogenannte Holmes-Roman, »The Sign of Four« von 1890. Den dann allerdings phänomenal raschen Durchbruch brachte das regelmäßige monatliche Erscheinen der »Adventures of Sherlock Holmes« im populären »Strand Magazine« vom Juli 1891 bis zum Juni 1892; als literatursoziologisches Phänomen ist dies durchaus den Serienerfolgen des heutigen Mediums Fernsehen vergleichbar. Hatte Doyle für die gesamten Rechte an der »Study in Scarlet« nur 25 Pfund erhalten, wurden ihm jetzt für jede Kurzgeschichte bei den ersten sechs 35, für die nächsten sechs bereits 50 Pfund gezahlt.

Doyle war das Spiel dennoch bald leid und dachte schon am Ende der ersten Serie ernsthaft über Holmes' Ende nach. Für eine zweite Serie, die dann von Dezember 1892 bis Dezember 1893 erschien, erhielt Doyle ein Gesamthonorar von 1000 Pfund – immerhin 20000 Mark in der Währung des damaligen deutschen Kaiserreichs –, wohl der ausschlaggebende Grund für ihn, die Serie überhaupt zu schreiben. Während einer Ferienreise in die Schweiz zu Anfang des Jahres 1893 besuchte er die Reichenbachfälle bei Meiringen; sie schienen ihm ein würdiger Begräbnisplatz für seinen Helden. So entschloß er sich zum literarischen Mord, »selbst auf die Gefahr hin, mein Bankkonto Seite an Seite mit Holmes begraben zu müssen«. Nach Abschluß der letzten Geschichte mit dem ominösen Titel »The Final Problem« notierte er im Tagebuch lakonisch: »Habe Holmes umgebracht«. Im Dezemberheft des »Strand« erfuhren die Leser die schockierende Neuigkeit: Das ganzseitige Frontispiz des populären Zeichners Sidney Paget, dessen Werke unser Holmes-Bild bis zum heutigen Tag prägen, zeigt den tödlichen Zweikampf mit Professor Moriarty und trägt die Unterschrift »Der Tod Sherlock Holmes'«.

Doyle hatte die Folgen nicht geahnt: Nicht nur für ihn war Holmes, wie die scherzhafte Tagebuchnotiz zeigt, zum wirklichen lebenden Wesen geworden. Briten wie Amerikaner – die die Geschichten in »McClure's Magazine« ebenso verschlangen wie ihre englischen Vettern – waren erschüttert, als handele es sich um den plötzlichen Tod eines überaus populären Zeitgenossen. Viele weinten, seriöse Geschäftsleute liefen mit Trauerflor an den Mänteln umher. Doyle war zahlreichen Beschimpfungen ausgesetzt, aber erleichtert, nun für andere Arbeiten frei zu sein.

Als er jedoch mit seinem Freund, dem Journalisten Fletcher Robinson, im März 1901 einige Tage in Norfolk verbrachte, kam beiden die Idee zu einer Schauergeschichte, und Doyle entschloß sich, in ihr Holmes noch einmal auftreten zu lassen und sie in der Zeit vor dem Tod seines Helden anzusiedeln. »Der Hund von Baskerville«, für den Doyle 100 Pfund für je tausend Worte bekam – also zwei damalige deutsche Mark für jedes Wort! –, wurde als Fortsetzungsroman im »Strand« vom August 1901 bis zum April 1902 ein Riesenerfolg; die Verkaufszahlen des Magazins schnellten in die Höhe, die Käufer standen Schlange an den Kiosken, die Erstauflage des Buchs betrug 25 000 Exemplare, etwa das Zehnfache des sonst selbst bei Bestsellern üblichen. Neuauflagen der früheren Sammlungen erschienen mit 50 000 Exemplaren. Die fast achtjährige Pause hatte dem Mythos Holmes also keineswegs geschadet, sondern ihn eher noch gesteigert, wozu auch erfolgreiche Bühnenversionen mit populären Schauspielern in der Holmes-Rolle beigetragen hatten.

Holmes hatte schon zu Lebzeiten seines Autors Unsterblichkeit erlangt, und es war an der Zeit, dem auch durch eine förmliche Auferstehung Rechnung zu tragen. Eine Offerte aus den USA brachte diese dann auch zuwege: Doyle wurden 25 000 Dollar für sechs Geschichten, 30 000 Dollar für acht und 45 000 Dollar für dreizehn Geschichten geboten. Er akzeptierte, und so erfuhr ein begeistertes Publikum dann im September 1903 in den USA und im Oktober in Großbritannien von »Sherlock Holmes' Rückkehr«, der doch nicht in den Reichenbachfällen umgekommen war, sondern sich nur einige Jahre im Ausland versteckt gehalten hatte. Auch wenn Doyle zunehmend mehr Mühe hatte, immer neue Fälle für seinen Helden zu erfinden – das Publikum bewahrte ihm trotz gelegentlich bemerkten Qualitätsschwunds die Treue. Doyle pflegte gern die Bemerkung zu zitieren, die ein Handwerker ihm gegenüber gemacht hatte: »Holmes mag ja den Sturz damals überlebt haben, aber danach war er einfach nicht mehr der alte!« Ein weiterer Roman erschien (»Das Tal der Furcht«, 1914/15), und nach und nach entstanden zusätzlich Kurzgeschichten für zwei weitere Sammlungen (»Seine letzte Verbeugung«, 1917, »Sherlock Holmes' Verbrecheralbum«, 1927).

Zum Erfolg trug sicherlich der hohe Wiedererkennungswert bei – das Charakteristikum des Markenzeichens im Sinne heutiger Marketing-Vorstellungen – indem ein relativ enges Grundmuster variiert wurde, das keine Veränderungen duldete. Die Handlung der beiden letzten, 1917 und 1927 erschienenen Sammelwerke spielt unverändert im viktorianischen London der Gaslaternen und Pferdedroschken, in einem Setting also, das bereits zu Doyles Lebzeiten »die gute alte Zeit« charakterisierte. Nur in einer Geschichte, in der Holmes zu Beginn des Ersten Weltkriegs im Einsatz für das Empire und zur generellen Wehrermunterung einen deutschen Spion zur Strecke bringt, begegnen dem Leser Automobile, sonst bleibt es bei Kutsche und Eisenbahn. Holmes gehört einfach in ein London, »wo es ewig 1896 ist«, wie es ein Kritiker einmal formulierte.

Ein Satz in der »Kölnischen Zeitung« aus dem Jahre 1908 hat weltweit bei Holmes-Kennern Unsterblichkeit erlangt: »Der Sherlockismus ist eine literarische Krankheit, ähnlich der Werthermanie und dem romantischen Byronismus.« Längst war der Detektiv zur wirklichen Gestalt geworden, der man Briefe schrieb, an die man glaubte oder zu glauben vorgab. Hatte Doyle selbst schon in seiner Tagebuchnotiz 1893 von Holmes wie von einem wirklichen Menschen geschrieben, so wurde eine solche Haltung bei ihm zur festen Gewohnheit: In Interviews sprach er stets von seinem Freund Watson, der ihn mit Material über Holmes versorge, berichtete von Holmes' Wohlbefinden, von seinem Ruhestand in Sussex beim Bienenzüchten und ähnliches. Die ursprüngliche Fiktion hatte sich verselbständigt; eine Karikatur aus dem Jahre 1926 zeigt einen in Fußeisen an sein eigenes Geschöpf geketteten Arthur Conan Doyle.

Ein wirklicher Sherlock Holmes konnte natürlich auch noch andere Fälle erleben als die, die Doyle veröffentlichte, zumal Watson die irritierende Gewohnheit hatte, durch das ganze Werk verstreut immer wieder die attraktivsten Fallnamen zu nennen, sensationellste Andeutungen zu machen, ohne dann von diesen Fällen zu berichten. So erwähnt der Doktor über 40 Fälle, zu denen zu Doyles Lebzeiten keine weiteren Einzelheiten existierten. So sehr es viele Leute reizte, sich selbst einmal an einer der so klar umrissenen Geschichten zu versuchen, die den Morgentee in der Baker Street bei Mrs. Hudson über den rätselhaften Besucher, den gefährlichen Auftrag und die abenteuerliche Kurzreise bis zum abschließenden Konzert- oder Galeriebesuch beschrieben –, Sir Arthur Conan Doyle wachte ebenso eifrig über sein Copyright wie später seine Erben. Natürlich gab es schamlose Imitate und Plagiate, etwa eine deutsche Heftchenserie »Sherlock Holmes. Aus den Geheimakten des Weltdetektivs«, von der trotz Einsprüchen des rechtmäßigen deutschen Doyle-Verlegers zwischen 1907 und 1911/1912 230 Hefte erschienen.

Die im Holmes-Kult oder – um noch einmal die »Kölnische Zeitung« zu zitieren – im »Sherlockismus« besonders gepflegte Form des Pastiches, der liebevoll anerkennenden Aneignung des Stils eines anderen als respektvolle Hommage an einen Meister seines Fachs, mußte sich anderer Mittel bedienen, um zum Ziel zu gelangen. Legitim war etwa der in der Holmes-Gemeinde häufig gepflegte Privatdruck, reizvoll die Verkleidung des Originals. Relativ simpel-burlesk tat dies der Franzose Maurice Leblanc in seinen äußerst populären Abenteuern des Meisterverbrechers Arsène Lupin: Wenn in derselben Welt ein genialer Verbrecher und ein genialer Detektiv agieren, so müssen sie zwangsläufig einmal aufeinanderstoßen. Da natürlich Lupins Held dabei gewinnen muß und Holmes zweiter Sieger sein wird, hätte Doyle, ganz abgesehen von anderen Überlegungen, nie seine Zustimmung gegeben. Deshalb erschien eines der Duelle der beiden 1908 unter dem Titel »Arsène Lupin contre Herlock Sholmes«.

Henry Fitzgerald Heard wählte für seine Geschichten über Holmes bienenzüchtenden Ruhestand einen anderen Weg: Er gab ihm als Pseudonym den Namen seines Bruders, Mr. Mycroft, und stattete ihn ansonsten mit so unverkennbaren Zügen aus, daß jeder Sherlockist ihn erkennen mußte (Henry Fitzgerald Heard, »Die Honigfalle«; DuMont's Kriminal-Bibliothek Band 1009). Die erste große offizielle Erweiterung des kanonischen Doyle-Watson-Holmes-Corpus geschah in Zusammenarbeit zwischen Doyles Sohn Adrian Conan Doyle und John Dickson Carr. Ihr verdanken wir die Ausgestaltung von zwölf von Watson erwähnten Originalfällen zu »The Exploits of Sherlock Holmes« (London 1954).

Mit dem Auslaufen des Copyrights erschien dann eine Flut von neuen Holmes-Fällen auf dem offenbar unbegrenzt aufnahmefähigen Markt. Sie alle beruhen auf demselben Grundmuster: Da Holmes wirklich gelebt hat, kann er doch durchaus auch dem berühmten XYZ begegnet sein . . . Und er ist mit ihnen zusammengetroffen, mit Edwin Drood, Dickens' Helden aus seinem letzten fragmentarischen Roman, ebenso wie mit Tarzan, Dracula und Hornungs Meisterdieb Raffles, aber auch mit Sigmund Freud, Oscar Wilde, Queen Victoria, Theodore Roosevelt, Bismarck und Ludwig II.

Vorbereitet wurden diese zahlreichen Publikationen durch die Tätigkeit der Sherlock-Holmes-Forscher mit ihren eigenen Clubs und Publikationsorganen. Angesehene britische und amerikanische Gelehrte aller Fakultäten beschäftigen sich hingebungsvoll mit dem großen Detektiv, nachdem Ronald Knox 1911 seine »Studien zur Literatur über Sherlock Holmes« veröffentlicht hatte. Der anglikanische, später römisch-katholische Geistliche wollte der von Widersprüchen zehrenden philologischen Bibelkritik einen ironischen Rüffel erteilen, indem er auf vergleichbare Widersprüche in den Schriften über Sherlock Holmes hinwies. Er trat eine Lawine los, die bis heute weiter zu Tal donnert; keine Frage zu Holmes' Leben, Werk, Bekanntschaften, Kenntnissen, Vorlieben, Musik- und Literaturgeschmack, die nicht wieder und wieder untersucht worden wäre und zu teilweise erbitterten Kontroversen geführt hätte. Allererste Spielregel für jeden, der sich an diesem Glasperlenspiel auf höchstem Niveau beteiligen will, ist das Bekenntnis: Holmes hat gelebt, Watson war sein Prophet, und ein gewisser Doyle war als literarischer Agent für Watson tätig. Natürlich gibt es inzwischen auch diverse Gedenktafeln für wichtige Ereignisse aus den Holmes-Geschichten, so für die erste Begegnung von Holmes und Watson oder an den denkwürdigen Reichenbachfällen, vom Holmes-Museum in Meiringen ganz zu schweigen.

Eine der schwierigsten Fragen der Holmes-Forschung ist natürlich, wieso sich weder bei Watson noch bei

Scotland Yard Hinweise finden lassen, daß Holmes die Mordserie des berühmt-berüchtigten Jack the Ripper, die 1888 London in Angst und Schrecken versetzte und seitdem die Welt beschäftigt, aufgeklärt hat. Natürlich war Doyle zu taktvoll, um einen solchen Fall in seinen Geschichten zu behandeln, wenn er auch tatsächlich gefragt wurde, wie Holmes denn vorgegangen wäre, eine Anfrage, die Doyle sogar beantwortet hat. Aber ein Holmes, der wirklich gelebt hat und der 1888 auf dem Höhepunkt seines Wirkens war, mußte sich einfach mit diesem Fall beschäftigen. In Ellery Queens Roman »Sherlock Holmes und Jack the Ripper. Eine Studie des Schreckens«, der in den USA den Titel »A Study in Terror« hatte und in Großbritannien unter dem Titel »Sherlock Holmes vs. Jack the Ripper« erschien, stößt der literarische Mythos, der Realität geworden ist, mit einem Mythos aus der Wirklichkeit zusammen. Der anonyme Mörder mit dem selbstgewählten Pseudonym spielt in der Geschichte des Verbrechens durch die archaische Grausamkeit seiner fünf zwischen dem 31. August und dem 5. November 1888 begangenen Morde bis heute eine außerordentliche Rolle. Es hat grausamere, brutalere Mörder gegeben, die ebenso wie er plötzlich aus dem Dunkel auftauchten und wieder in ihm verschwanden. Jack the Ripper ist jedoch zu einer Legende geworden. So bemüht Frank Wedekind in seinem Lulu-Drama »Die Büchse der Pandora« (1902) Jack the Ripper, um seine mythisch-archaische Heldin, das »Weib« Lulu, umzubringen. Unzählige Versuche und Spekulationen hat es gegeben, die wahre Identität des Rippers doch noch aufzudecken. War das plötzliche Ende der Mordserie damit zu erklären, daß Scotland Yard erfolgreich gewesen war und das Ermittlungsergebnis in Panzerschränken verschwinden ließ, weil hochgestellte Persönlichkeiten in den Fall verwickelt waren? Sogar ein Enkel Queen Victorias, die sich selbst energisch in die Ermittlungen eingeschaltet hatte, wurde verdächtigt. Die »Ripperologen« sind kaum weniger zahlreich und weniger einfallsreich als die Holmesianer . . .

Zum »Zusammenstoß« zwischen den beiden Mythen kam es auf Umwegen. Der schon erwähnte Doyle-Sohn Adrian Conan hatte 1963 die Sir-Nigel-Filmgesellschaft mitgegründet, die 1965 den Film »A Study in Terror« in Anspielung auf den ersten Holmes-Roman produzierte. James Hill führte Regie, Hauptdarsteller waren John Neville, Donald Houston und John Fraser. Story und Drehbuch, die in etwa den von Watson erzählten Teilen unseres Buchs entsprechen, stammten von Donald und Derek Ford. Die Buchveröffentlichung von 1966 aber gewann ihren besonderen Reiz durch die Hinzufügung einer kompletten zweiten Ebene um Ellery Queen (»Der mysteriöse Zylinder«; DuMont's Kriminal-Bibliothek Band 1008). Das bewährte Gespann Frederic Dannay und Manfred B. Lee erkannte die Möglichkeiten, die sich aus dem Zusammenspiel ihres Detektivs mit seinem Vorbild ergaben, und so kam es zu der Fiktion des alten, so lange, wie sich zeigt, aus guten Gründen geheimgehaltenen Manuskripts.

Ellery Queen, der wie viele seiner Kollegen in zahlreichen Zügen an Holmes erinnert, bekommt das Dokument zugespielt wie Holmes das grausige Operationsbesteck mit dem fehlenden Seziermesser. In enger Parallele zum Wirken seines Vorbilds kann auch Queen den Ursprung des Tagebuchs ermitteln, sein »Watson« scheitert bei dieser Aufgabe wie Holmes' Assistent. Queens Genialität erweist sich in der Analyse des Manuskripts als kongenial zu Sherlock Holmes' Talenten. Wie sich zeigt, hat Holmes damals Watson die wahre Lösung vorenthalten – Ellery Queen entdeckt nach mehr als einem dreiviertel Jahrhundert die Lösung, die einst Holmes fand und die Watson unwissend in seinem Manuskript zugleich versteckte und überlieferte. Auf diese Weise wird gleichzeitig eines der größten Geheimnisse der Holmes-Forschung gelöst, indem die Frage beantwortet wird, warum nie bekannt wurde, daß Holmes die Ripper Mordserie aufklärte und beendete. Diese detektivische Tour de force auf zwei Zeit- und Sprachebenen kann als eines der schönsten Beispiele auf dem fruchtbaren und weiten Feld der Holmesiana gelten. Um so erfreulicher ist es, daß Ellery Queen selbst dem ersten bei DuMont erschienenen Holmesianum ein Kompliment zollt: Watson findet unter Holmes' eigenen Schriften ein Werk über die Möglichkeiten, Bienen als Mordwaffen zu benutzen, der Plot von Heards Mycroft-Geschichte »Die Honigfalle«. Ein glühender Bewunderer und Nachahmer des größten Detektivs aller Zeit verbeugt sich vor seinem Kollegen.

Volker Neuhaus

DuMont's Kriminal-Bibliothek

Band 1001	Charlotte MacLeod	**»Schlaf in himmlischer Ruh'«**
Band 1002	John Dickson Carr	**Tod im Hexenwinkel**
Band 1003	Phoebe Atwood Taylor	**Kraft seines Wortes**
Band 1004	Mary Roberts Rinehart	**Die Wendeltreppe**
Band 1005	Hampton Stone	**Tod am Ententeich**
Band 1006	S.S. van Dine	**Der Mordfall Bischof**
Band 1007	Charlotte MacLeod	**». . . freu dich des Lebens«**
Band 1008	Ellery Queen	**Der mysteriöse Zylinder**
Band 1009	Henry Fitzgerald Heard	**Die Honigfalle**
Band 1010	Phoebe Atwood Taylor	**Ein Jegliches hat seine Zeit**
Band 1011	Mary Roberts Rinehart	**Der große Fehler**
Band 1012	Charlotte MacLeod	**Die Familiengruft**
Band 1013	Josephine Tey	**Der singende Sand**
Band 1014	John Dickson Carr	**Der Tote im Tower**
Band 1015	Gypsy Rose Lee	**Der Varieté-Mörder**
Band 1016	Anne Perry	**Der Würger von der Cater Street**
Band 1017	Ellery Queen	**Sherlock Holmes und Jack the Ripper**
Band 1018	John Dickson Carr	**Die schottische Selbstmord-Serie**
Band 1019	Charlotte MacLeod	**»Über Stock und Runenstein«**
Band 1020	Mary Roberts Rinehart	**Das Album**
Band 1021	Phoebe Atwood Taylor	**Wie ein Stich durchs Herz**
Band 1022	Charlotte MacLeod	**Der Rauchsalon**
Band 1023	Henry Fitzgerald Heard	**Anlage: Freiumschlag**

Band 1008

Ellery Queen

Der mysteriöse Zylinder

Welcher Liebhaber von Kriminalromanen kennt nicht Ellery Queen, der, selbst Autor von Kriminalromanen, mit seiner kühlen Logik und seinem analytischen Verstand seinem Vater, dem kauzigen Inspektor Richard Queen, hilft, auch den raffiniertesten Verbrechern auf die Spur zu kommen? Ellery Queen ist unzufrieden. Statt sich dem Erwerb einer von ihm heiß begehrten Falconer-Erstausgabe widmen zu können, wird er wieder einmal in einen Mordfall hineingezogen – Monte Field, ein zwielichtiger Rechtsanwalt, ist während einer Theatervorstellung ermordet worden. Die Polizei steht vor einem Rätsel.

Band 1009
Henry Fitzgerald Heard
Die Honigfalle

»Ein wildgewordener Bienenzüchter will einem biederen Landadeligen mittels sogenannter Mörderbienen ans Leder. Wie nun Mycroft-Holmes dies verhindert und mit allen möglichen wissenschaftlichen Experimenten den Bösewicht enttarnt, das garantiert ungetrübtes Lesevergnügen.
Wer den klassischen englischen Krimi mag, findet allemal etwas in DuMont's Kriminal-Bibliothek.« *Südwest-Presse*

Band 1010
Phoebe Atwood Taylor
Ein Jegliches hat seine Zeit

»Asey Mayo, Phoebe Atwood Taylors ›Kabeljau-Sherlock‹, löst in diesem Band seinen zweiten Fall in deutscher Sprache. Der kauzige Kriminalist muß just auf dem mit kuriosen Neu-Engländern bevölkerten idyllischen Cape Code immer neue rätselhafte Morde aufklären, und er tut das mit Scharfsinn und Humor. Die Autorin hat dieses klassische Krimi-Rätsel meisterhaft inszeniert, mit einer verblüffenden Lösung, die Zeitkolorit und Logik vereint.« *Soester Anzeiger*

Band 1011
Mary Roberts Rinehart
Der große Fehler

»Am Swimmingpool des riesigen Maud-Wainwright-Hauses in Beverly Hills wird ein toter Mann aufgefunden, kurz nachdem Pat – die Ich-Erzählerin – als Hausdame eingestellt worden ist. Der Mord verändert das Leben von Maud, ihrem Sohn Tony aus 1. Ehe und Pat schlagartig. Ein düsteres Geheimnis aus der Vergangenheit lastet über dem ›Kloster‹-Haus, das erst nach einer Reihe von Morden aufgeklärt werden kann.«

Einkaufszentrale für öffentliche Bibliotheken

Band 1012
Charlotte MacLeod
Die Familiengruft

Auf der Suche nach einer passenden letzten Ruhestätte für Großonkel Frederik wird die seit 100 Jahren nicht benutzte Familiengruft der Kelling-Dynastie geöffnet. Dabei lernt die junge Sarah Kelling Ruby Redd, eine einst berühmte Striptease-Tänzerin von sehr zweifelhaftem Ruf kennen. Mehr als die Rubine in Rubys Zähnen beeindruckt Sarah aber die Tatsache, daß die Tänzerin seit mehr als 30 Jahren tot ist . . .

Band 1013
Josephine Tey
Der singende Sand

Alan Grant, Inspector von Scotland Yard ist mit dem Zug unterwegs zu einem Erholungsaufenthalt, als im benachbarten Abteil ein Passagier ermordet wird. Der Inspector nimmt den Tod des Fremden eher beiläufig zur Kenntnis. Ein Gedicht aus einer Zeitung, die er versehentlich aus dem Abteil des Toten mitgenommen hat, konfrontiert Grant immer mehr mit der Realität, die ihn umgibt, und läßt ihn schließlich die überraschende Lösung des Mordfalls finden.

Band 1014
John Dickson Carr
Der Tote im Tower

Eine Serie scheinbar verrückter Verbrechen versetzt ganz London in helle Aufregung. Ein offenbar Geistesgestörter stiehlt Hüte und dekoriert mit ihnen öffentliche Plätze. Doch was als recht harmloser Spaß beginnt, endet mit einem Mord. Der Tote, der mit einem gestohlenen Zylinder auf dem Kopf gefunden wird, heißt Philip Driscoll. Er war bei allen beliebt, was die Tat noch mysteriöser erscheinen läßt.

Band 1015

Gypsy Rose Lee

Der Varieté-Mörder

Gypsy Rose Lee ist in ihrem Beruf ein voller Erfolg: Die hübsche Stripteasetänzerin ist beim Publikum überaus beliebt. Eigentlich gibt es also keinen Grund, nicht mit sich und der Welt zufrieden zu sein – wenn es da nicht diese unerfreulichen Morde gäbe.
In dem Varieté-Theater, in dem Gypsy auftritt, wird ein neues, tubulentes, spannendes Spiel inszeniert – ein Spiel auf Leben und Tod.
Als Gypsy dem Mörder schließlich gegenübersteht, erlebt sie eine große Überraschung . . .

Band 1016

Anne Perry

Der Würger von der Cater Street

Charlotte Ellison ist intelligent, selbstbewußt, emanzipiert – und lebt in einer Zeit, in der diese Eigenschaften bei Frauen gar nicht gern gesehen werden, im puritanisch-viktorianischen England des 19. Jahrhunderts. Doch Charlottes Eltern machen sich noch aus einem weiteren Grund Sorgen um ihre Tochter: Ein offenbar geistesgestörter Mörder stranguliert auf der Cater Street junge Frauen. Als Charlotte merkt, daß auch sie sich in Gefahr befindet, ist es fast zu spät. Aber zum Glück gibt es da auch noch Inspector Pitt, der ein nicht nur dienstliches Interesse an ihr hat ... Bevor er Charlotte jedoch helfen kann, muß er noch manches Rätsel lösen – und das macht ihm die feine Gesellschaft in London nicht gerade leicht!

Band 1018

John Dickson Carr

Die schottische Selbstmord-Serie

Alan Campbell, Professor für Geschichte, will in der friedlichen Abgeschiedenheit der schottischen Burg Shira am Loch Fyne seine innere Ruhe wiederfinden. Dort war jedoch Angus Campbell nachts vom Turm seiner Burg in den Tod gestürzt: Selbstmord – Unfall oder Mord? Noch weiß niemand, daß sein tragisches Ableben erst der Beginn äußerst mysteriöser Ereignisse ist. Damit wieder Frieden in die halbverfallene Burg einkehren kann, bedarf es schon des detektivischen Genies von Dr. Gideon Fell. Alan Campbell und den anderen Gästen stehen jedenfalls schlaflose Nächte bevor . . .

Band 1019

Charlotte MacLeod

»Über Stock und Runenstein«

Dieses ist der dritte Roman aus der ›Balaclava‹-Reihe, in dem Peter Shandy, Professor für Botanik am Balaclava Agricultural College und Detektiv aus Leidenschaft, mit analytischem Denkvermögen ein Verbrechen aufklärt.
Der Knecht Spurge Lumpkin wird von der Besitzerin der Horsefall-Farm, Miss Hilda Horsefall, tot aufgefunden. Für die Polizei ist der Fall klar: ein tragischer Unfall. Peter Shandy aber kommen bald die ersten Zweifel, und als ein Kollege und ein junger neugieriger Reporter ebenfalls fast die Opfer mysteriöser Unfälle werden, sieht er sein Mißtrauen bestätigt.

Band 1020

Mary Roberts Rinehart

Das Album

Das gleichförmige Leben und die Abgeschiedenheit der fünf Familien am Crescent Place werden empfindlich gestört, als die alte Mrs. Lancaster mit einer Axt ermordet wird. Für alle Bewohner des Crescent Place steht fest: Der Mörder ist einer von ihnen! Auch über das Motiv kann kein Zweifel bestehen – im Besitz von Mrs. Lancaster befand sich eine Truhe mit Gold im Wert von fast 100000 Dollar. Gäbe es da nicht ein Album mit alten Fotografien, wäre der Mörder wahrscheinlich ungestraft davongekommen . . .

Band 1021
Phoebe Atwood Taylor
Wie ein Stich durchs Herz

Wenn sich die Mitarbeiterin eines illegalen Buchmachers, ein Gelegenheitsdieb, der Polizist werden möchte, und ein Lehrer für englische Literatur, der nicht nur gerne Shakespeare zitiert, sondern auch dem berühmten Dichter täuschend ähnlich sieht, mitten in der Nacht in einer schlechtbeleumdeten Gegend kennenlernen, darf man sich eigentlich über nichts mehr wundern. So nimmt es Mr. Leonidas Witherall mit Gelassenheit hin, daß man nach einem Treffen in seiner früheren Schule gleich zweimal versucht, ihn zu überfahren. Erstaunter ist er schon, daß einer der Attentäter sein ehemaliger Schüler Bennington Brett ist. Aber erst, als er diesen tot mit einem Tranchiermesser in der Brust entdeckt, fängt er an, sich ernsthaft Gedanken zu machen.

Band 1022
Charlotte MacLeod
Der Rauchsalon

Für eine Lady aus der Bostoner Oberschicht ist es auf jeden Fall unpassend, ihr Privathaus in eine Familienpension umzuwandeln, um ihren Lebensunterhalt zu verdienen. So ist der Familienclan der Kellings entsetzt, als die junge Sarah, die gerade auf tragische Weise Witwe geworden ist, ankündigt, sie werde Zimmer vermieten. Doch selbst die konservativen, stets die Form wahrenden Kellings ahnen nicht, daß Sarahs neue Beschäftigung riskanter ist, als man annehmen sollte – mit den Mietern, sämtlich respektable Mitglieder der Bostoner Oberschicht, hält auch der Tod Einzug in das vornehme Haus auf Bacon Hill . . .
Kein Wunder, daß die junge Frau froh ist, daß ihr der Detektiv Max Bittersohn beisteht, der mehr als ein berufliches Interesse daran hat, daß wieder Ruhe und Ordnung in das Leben von Sarah Kelling einkehren.

Band 1023
Henry Fitzgerald Heard
Anlage: Freiumschlag

Sidney Silchester führt ein ruhiges, beschauliches Leben. Seine Leidenschaft ist zugleich sein Beruf: Er entschlüsselt verschlüsselte Nachrichten. Eine überaus interessante Aufgabe wird ihm von dem mysteriösen Mr. Intil übertragen. Da Silchester den Text nicht alleine dekodieren kann, bittet er seine Kollegin Miss Brown um Hilfe, die sich auf einer Séance in Trance versetzt und dabei erstaunliche Dinge erfährt. Wie soll er auch ahnen, daß er sie beide in tödliche Gefahr bringt . . . So beginnt ein höchst abenteuerlicher Kriminalfall, der nur zu lösen ist mit Hilfe eines Mannes, der mit Spürsinn und erstaunlichen Fachkenntnissen in den ausgefallensten Bereichen selbst dem genialsten Übeltäter ein ebenbürtiger Gegner ist. Auch wenn Sidney Silchester, der die Rolle des getreuen, begriffsstutzigen Dr. Watson spielt, es nicht bemerkt: Sherlock Holmes hat sich keineswegs zur Ruhe gesetzt!